地図で見る
フランスハンドブック
現代編

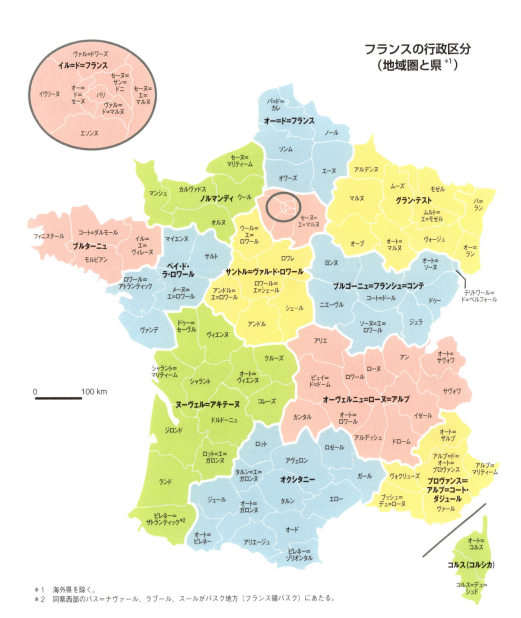

地図で見る
フランスハンドブック
現代編

Atlas politique de la
France
Les révolutions silencieuses de la société française

ジャック・レヴィ 編
Jacques Lévy

土居佳代子 訳
Kayoko Doi

地図製作＊コロス研究所
Laboratoire Chôros

原書房

地図で見る
フランスハンドブック
現代編

- 2 フランスの行政区分（地図）

はじめに
- 6 変異するフランスの肖像

8 1992年、新しいフランス
- 10 都市周辺部と国民戦線の台頭
- 14 ヨーロッパ問題
- 18 ヨーロッパ各国における同様の変化
- 22 スイスにおけるアイデンティティの問題
- 26 アメリカでは2つの「庶民」が対立している
- 30 空間は位置を替える

34 居住の流儀
- 36 家族、他人のなかからの選択
- 40 人生設計の中核となる住居
- 44 移動と公共の空間
- 48 入学前の子どもの預け先
- 52 落ちこぼれの装置のなかで
- 56 所得と都市度
- 60 ともに生きる
- 64 貧しい人々は都市にいる
- 68 医療、先入観を超えて
- 72 フランスの空間における都市度
- 76 自由と制約の空間

80 開発と正義
- 82 それぞれのグループに地理学がある
- 86 裁定のための能力
- 90 働く空間

- 94 創造的経済(クリエイティブ)
- 98 逆説的なフロー
- 102 環境問題の矛盾
- 106 混乱ぶくみの国土改革
- 110 ローカルから出発する
- 114 地域圏(レジオン)の論理

118 ゆれうごく世界のなかで変わるフランス
- 120 テロリストの温床?
- 124 係争と暴力
- 128 空間的正義と不正義
- 132 ヨーロッパ──はじまりの終わり?
- 136 国際移動の複雑な地理学
- 140 帝国と世界社会(ワールド・ソサエティ)のあいだ

144 進行中の革命
- 146 政治の新しい風景
- 150 3つの組みあわせにおける変化
- 154 最大の政党
- 158 第2回投票の驚くべき力学
- 162 新しい正当な空間

おわりに
- 166 徐々に音を立てはじめた革命

付録
- 170 記述し、理解し、考えるための地図
- 171 用語解説
- 172 参考文献
- 174 執筆者・執筆協力者一覧

はじめに
変異するフランスの肖像

　2016年秋から2017年春までの数か月で、フランスの政治の情景はめざましい変化をとげた。2016年の秋にわたしたちが本書の準備にかかったとき、その後起ころうとしていた出来事を予測することは容易ではなかったが、それでもやはり、数年前あるいは数十年前からフランス社会を襲ったいくつかの変異現象から見て、2017年の大統領選がかつてない様相を呈するであろうという確信はあった。

空間がセンセーションをまきおこすとき

　2017年は、小さくて目に見えなかった長いあいだの変化が蓄積して、白日のもとに吹き出し、もはや無視することができなくなるという、歴史の圧縮した時期の1つとなるだろう。なにかが解き放たれて、それが社会と政治と空間次元との関係の新しいサイクルを開いた。地図がそのことをありありとみせてくれる。

　本書は、まず、今日のフランス政治空間を、その20年の歴史とともに視野に入れている。それから選挙の得票分布図をほかの国々と比較できるようにしたが、互いの類似は驚くほどで、熟慮をうながすものである。

　なかんずく、本書では、別個に研究されることが多く、めったに総合されることのない政治的、社会学的、経済的、文化的なさまざまな実態のあいだの密接なつながりを考慮した。このアプローチが立脚しているのは、投票のさい市民によってなされた選択の、地域による差異を理解するためには、どこで生産されたものがどこで消費されているか、どこで提供されたものがどこで受領されるか、どこで新しい習慣が作り出されどこで伝統が維持されているかを知ることはむだではないという仮説である。政治は大小の行為者たちの決断によってなされるが、その決断の前後には、つねに社会的問題があるからだ。

地理空間を作っている人々を把握するための地図作製術

　この政治シーンと社会との対話が読みとれるようにしようと、本書では新しい地図作製術を採用した。従来の地図にくわえて、それとは異なる特徴をもつ

統計地図(カルトグラム)のおかげで、地図上に人の住まない、あるいはほとんど住まない地域ができてしまうという視覚上の制約をのがれ、住民とその居場所を回復させることが可能となった。このことは非常に重要である。というのも「ふつうの」住民たちは、住居を選択し、また多くの移動をすることによって、彼らがもっている快適な環境や美しい景色、適正な場所空間についての概念によって、無視することのできない地理上の行為者となっているからである。

またどの地図も、地図というものがまずは画像であり、読者は一目で内容を把握できるべきであるという考えにもとづいた地図記号論(セミオロジー・グラフィック)の助けを得ているが、もちろんそのことは、さらにより分析的な読み方をさまたげるものではない。本書を企画製作したコロス研究所（Laboratoire Chôros）のチームは、地図はたんにコミュニケーションの道具であるばかりでなく、まずは考察の道具であると確信している。作者たちは、すでに得られた結果を描いただけでなく、地図を使っていままで気づかなかった現象を発見し、そこに現れた意外な形状を比較し、この地図が報告する空間を分析、解釈し、概念化した。あらゆる知的試みや記述や発言と同様、これらの地図も、その限界をもって読まれなければならないし、批判にさらされなければならないことは承知している。そして、この一連の地図もまた、新しい空間の集積として既存の地図につけくわえられ、一体となるものである。

驚きに満ちた地図

地図作製術の言語は、フランス国土、とりわけその力と複雑さをもってフランスを構成する都市構造を再発見させてくれた。いまや、フランスという空間の多様性がよりいっそうあらわれているのは、地域によるのではなく、都市傾向の度合いをとおしてである。そしてそこにさまざまな意外な事実があった。たとえば、貧困がもっとも多いのは、もっとも少ないと予想されていた都市だった。「さびれた町」には、スーパーマーケットやソーシャルサービス、理容店、薬局あるいはレストランがよくそなわっていることがわかった。公的資金の再配分を享受している地域が、つねにそれをもっとも必要としているというわけではなかった。もしフランス人がそこで暮らし、考察し、夢想しているみずからの地理を、よりいっそう高いレベルで省みることに貢献できるなら、この仕事がむだではなかったことになる。ここで読者に提示されるのは、ステレオタイプと違う、近年に起こっていまだ進行中の、変異の深い刻印を受けた、もうひとつのフランスの肖像である。

1992年、新しいフランス

　政治的に見たフランスは根底から変わりつつある。200年近くのあいだ、フランスの政治地図はほとんど変わりなく、どちらかというと右よりの西部と東部、どちらかというと左よりの中部と南部が対立し、産業の時代が徐々に特有の地域を形成していた。めざましい変化が起こったのは、20世紀末、正確には1992年のマーストリヒト条約の国民投票のときである。

レンヌ

ナント

　このときはじめて投票分布図が、賛成票を投じた大都市の中心部と、全体的に見て反対票を投じたその他との対立をあきらかに示した。ただし、中央政府の締めつけがゆるむことを望んでいるブルターニュやアルザスのような地方は例外である。

　次ページ以下で見るように、この現象はここ数十年フランスにおいて深化しつづけているだけでなく、全ヨーロッパ、さらにはヨーロッパ以外においても顕著である。これは有権者たる市民の、地理空間や政治との関係における静かだが正真正銘の革命といえるだろう。

　フランスの空間を視覚化するにあたって、よりいっそうの正確さを期するため、本書の大部分の地図について統計地図(カルトグラム)の手法を用いることにした。この地図上の面積は、従来の地図のように実際の地表の面積ではなく、別のデータ――多くの場合人口――によっている。こうすることで、全住民は同じ重みをあたえられている。都市に人口の多くが集中していることが、従来の地図ではほとんど可視化されていなかったが、今回はそれを十分前面に出すことができた。

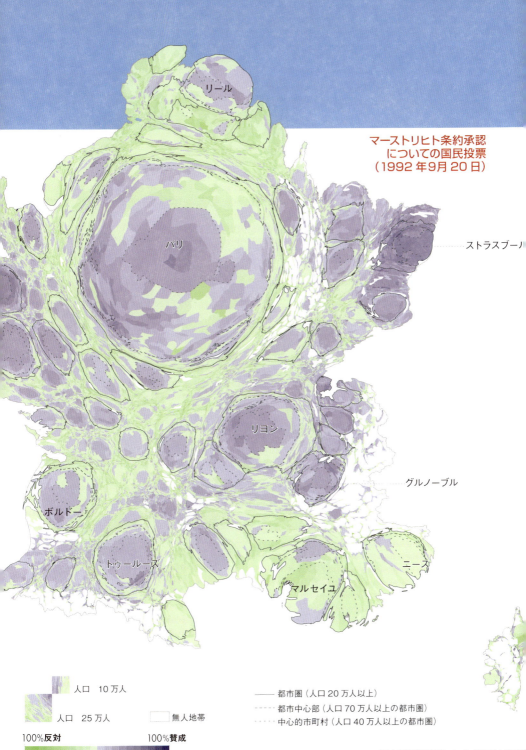

10・1992年、新しいフランス

都市周辺部と国民戦線の台頭

　フランスの極右政党国民戦線(フロン・ナシオナル)の得票分布は、1984年の最初の驚異的な成功以来、段階を追って変化しながら、進展を続けている。新たに現れたり、あるいは強化されたりした勢力圏もあれば、弱体化した地域もある。もっともめざましい出来事は、拠点としての都市周辺部(périurbain)の突然の出現であるが、それは選挙のたびに確認されている。一方で、逆に都市中心部は拒絶を再確認し、郊外地域は逡巡している。都市周辺部は公の場面で、明白な政治の1カテゴリーとなった。

国民戦線を支持する地域

　国民戦線の政治地理の歴史には3つの時期がある。ジャン＝マリー・ル・ペンの率いる国民戦線党は、長いあいだ、意味をもつほどの支持を得られずにいたが、1984年の欧州議会議員選挙で、10.95%［フランス81議席のうち10議席を獲得］を得て、はじめて突破口を見いだした。しかし、党の支持票の配分には、よせ集めの感があった。全国平均を上まわったのは、地中海沿岸、郊外（banlieue）の庶民的な地区、工業地帯、大都市の裕福な地区だったのだ。1980年から1990年頃にかけて徐々に、その他の支持空間が出現した。イル＝ド＝フランスの都市周辺部とさらにその外縁部［都市度のカテゴリーについては、p.13訳注およびp.172参照］、ロレーヌ、アルザス、ローヌ川流域である。その後ガロンヌ川流域にも支持を広げ、地中海沿岸で強い支持を固めた。

都市から離れるほど国民戦線に近くなる。

　2002年大統領選の第1回投票では、ジャン＝マリー・ル・ペンがついに第2位［16.86%］となって第2回投票［17.79%］に進出し、第2の段階を画した。ここで有効票の約17%を占めた支持者たちの内訳は、数年前にはまだ観察することのできたものとはかなり異なっている。以前の地域による差異は消えていないが、ノール＝パ＝ド＝カレ地方の旧炭鉱地帯、ロレーヌ、アルザスとリヨン地方において、ル・ペンへの票が、地中海沿岸と同じくらい上昇した。この変化によって、この党が、労働者層、あるいは労働者出身の退職者や若年層の一部をしだいに征服していることが明らかになった。この階層においては、長期にわたって左派への票が主だったのが、ついで棄権が多くなっていたのだ。しかし、大都市郊外の庶民的地区の有権者たちは迷いを見せ、

都市周辺部と国民戦線の台頭・11

2002年大統領選第1回投票におけるジャン＝マリー・ル・ペン

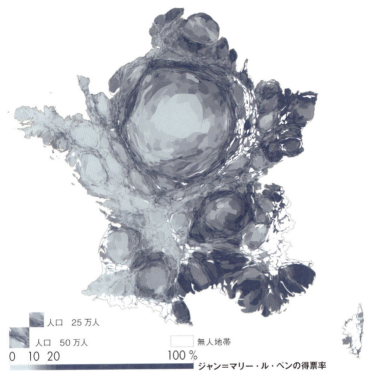

人口 25万人
人口 50万人
無人地帯
0　10　20　　　　　　　　　100 ％
ジャン＝マリー・ル・ペンの得票率

出典：フランス内務省、Base des aires urbaines 2010 INSEE; Geofla IGN 2014

工業地帯の人々と同じような割合では国民戦線への支持に傾いていない。

　大都市の中心部についていえば、同じ都市エリアのほかの場所におけるル・ペン票の重みがどうであれ、そこでは落ちこんでいる。たとえば、リールではナントでより支持率が高いとはいえ、どちらにおいても、多くの地域におけると同様、都市中心部では郊外より低く、郊外では周辺部より低い。各段階において、この法則は確認されている。国民戦線の候補者ル・ペンの得票率は、パリ市内の西中心部においては西部郊外におとり、西部郊外では周辺部のイヴリーヌ県におとる。この法則はマルセイユ、エクス＝アン＝プロヴァンス、あるいはリールといった国民戦線の陣地においても、支持の弱いナントやレンヌにおいてとまったく同様にあてはまっている。

　他方で、第2回投票と第1回投票との顕著な違いは認められなかった。第2回投票17.79％、第1回投票16.86％と似たような得票である。地中海沿岸と都市周辺部でわずかに伸びたが、そのほかの

12・1992年、新しいフランス

2012年大統領選第1回投票におけるマリーヌ・ル・ペン

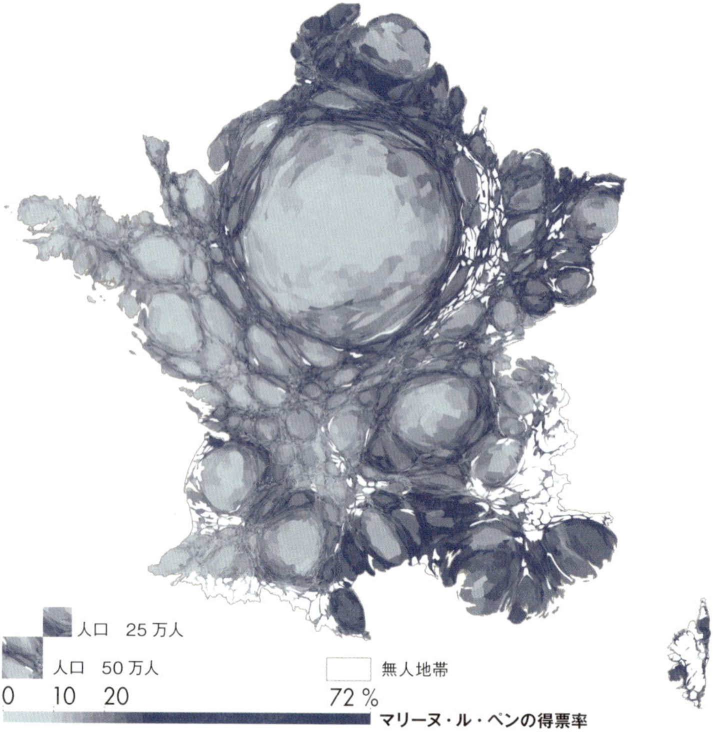

人口 25万人
人口 50万人
0 10 20
72%
無人地帯
マリーヌ・ル・ペンの得票率

出典：フランス内務省、Base des aires urbaines 2010 INSEE; Geofla IGN 2014

もっとも都市化された地域では後退した。

外縁部の票

すでに2007年に感じられた変化のあとで、2012年は国民戦線の地理の新しい変わり目となった。4月の大統領選第1回投票において、マリーヌ・ル・ペンは、［決選投票にはいたらなかったが］17.9％という得票率を獲得する。都市開発の進む田園地帯でもっとも伸び、同時に中心部と郊外で弱まった。似かよっているようだがはっきりと異なる2つの地域の差が明らかになった。一方で都市周辺部は新たな領土となる。

さらに、国民戦線は下位都市エリア（hypo-urbaine。フランス国立統計経済研究所が多極コミューン［都市圏と地続きで住民の40％以上がどれかの都市圏で働いている。なお、コミューンはフランスの基礎自治体］と定義した地域）に突破口を作った。下位都市エリアとは、都市周辺部のさらに外縁にあって、フランス国土のなかでもっとも都市から遠い部分である低次都市エリア（infra-urbaine）と同様、都市圏にそれほどはっきりつながっていない。これはすでに前の選挙でも、パリ

盆地［パリを中心とするフランス中北部の大盆地］のような国民戦線を強く支持した地方でみられた現象である。それが今度はフランス全土に広がって、マリーヌ・ル・ペンが2012年大統領選たけなわの4月15日にエナン＝ボーモン［北部パ＝ド＝カレ県のコミューン、かつての炭鉱業の中心地］で行なった、「ボボ［boboブルジョワ・ボヘミアンの略。都会に住んで、ある程度余裕があり、文化的で左派に投票する傾向があるとされる社会文化的グループ］」を批判した講演が先どりしたとおりとなった。いまや、国民戦線に有利な地域は、まずは都市化傾向がもっとも弱い地域、都市の枠外への定住を選んだ住民のいる地域である。都市周辺部は、都市の枠外において有権者の人口密度がもっとも高いので、国民戦線の主要な陣地となっている。

政界は、そこで、都市周辺部に強い政治的特性があること、この都市度というものが政治的に無視できない存在となっていることに気づいた。しかしながら、解釈にはまだ多くの当惑が残っていて、その理由は、とくに国民戦線が社会的にも地理的にもはっきり異なる有権者をよせ集めていることにある。一方で、都市周辺部自体、どちらかというと裕福な住民が多く（p.56参照）、そこでは「辺境への追放」という概念はなんの意味もないし、経済的不安定さがあるとしても世帯の負債のせいだろう。他方、中心部と周辺部のあいだにある郊外は、あきらかにもっと人口が少なく、しかし貧困レベルは増す。長期失業者、あるいは雇用市場を離脱した人々が多いからだ。この都市と田園地帯の見かけ上の連続性、郊外から下位都市エリアまでの連続性は、誤解を誘うが、これら２つの住民グループはかなり異なるのだ。地図を見るとわかるが、都市からもっとも離れた地域において、マリーヌ・ル・ペンは2012年かなりよい結果を得たが、都市周辺部ほどではなかった。それが意味するところは、国民戦線を支持する有権者を「大衆」とだけ、定義するわけにはいかないことだ。逆に、もっともつましい人々が大勢住んでいる郊外では支持者はそれほど多くない。

実際、国民戦線は中心部で弱くなっているだけでなく、同時に中心部に隣接する郊外でも弱まっている。そのあとに続いた選挙で（2014年欧州議会、p.16参照、2015年の地方選挙）極地化が進んだことが観察された。したがって国民戦線がかつてなく強くなったといっても、大都市中心部においては、ほんのわずかしか、あるいはまったく票を増やしていない。もちろん中心部にも国民戦線支持者はいるのだが、差は開き、場合によっては中心部と周辺部で１対10というほど、劇的な値となっている。［都市度については以下のとおり。中心部から郊外、都市周辺部、下位都市エリア、低次都市エリアと離れるにつれて都市度が下がる。中心部と郊外で都市を、都市と周辺部で都市圏を成し、下位、低次都市エリアは都市とはいえないが、都市となんらかのかかわりをもつ。］

ヨーロッパ問題

　1992年以来、ヨーロッパは部分的に重なる2つの異なるやり方で、フランス政治を活気づかせた。一方で、さまざまな条約について態度を表明するとき、ヨーロッパが直接問題となり、他方で、欧州議会選挙はヨーロッパの色調をおびた中間選挙として作用している。これらがからみあって、いくつもの分裂線で画されたテリトリーを出現させた。

国家不信、ヨーロッパ信頼？

　欧州憲法条約についての国民投票は、あきらかにヨーロッパの構造についての立場を選ばせるものだったが、とくにフランスでは、このような国民投票が、暗黙のうちに公式に問われている以外の問題にも答えさせるものであることを、みなが承知している。欧州議会議員の選挙にかんしても、ヨーロッパ問題にとどまらず、有権者にとって、国内政治の状況へメッセージをおくる機会でもあるのだ。

　全体として、これらの分布図は似かよっていて、国民戦線支持票の分布にも近い。それらは都市度によりはっきりと異なる数値を生じさせている。都市が大きければ大きいほど、そしてとくにそうした都市の中心部はヨーロッパ寄りであるが、その他は無関心か不信感を示している。

　しかしながら、大都市を考慮に入れないで2014年5月の欧州議会選挙の分布図を見るなら、ブルターニュ、ペイ・ド・ラ・ロワールをふくむ西部の広い四角形と東部のサヴォワ、南西部のバスク地方［ほぼピレネー・ザトランティック県にあたる］において、ヨーロッパ賛成の党があきらかに優勢である。そこには昔の地図がある。中央集権主義でアイデンティティを破壊するフランス国家に対する不信と、反対に、強いヨーロッパに対してのほうが容易に達成できそうな自治の要求の分布図である。それは「対のレベル（フランス＋県や市町村となったかつての田園地帯）」の結びつきに対して、「ヨーロッパ＋地方」というペアにならない組みあわせである。リストに入るはずのアルザスはもう少しためらいを見せているように見える。それはこの分布図が、有効票の24.86％近い有効票を獲得した［欧州議会のフランスの74議席のうち24議席獲得］国民戦線の、新たな高まりによる反ヨーロッパの大衆煽動の影響も反映しているからだ。これはそのあとの2015年の地方選挙では、得票率27.73％

欧州憲法条約批准国民投票（2005年5月29日）

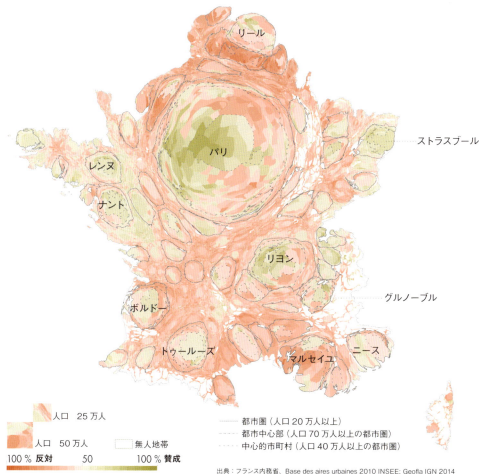

出典：フランス内務省、Base des aires urbaines 2010 INSEE; Geofla IGN 2014

をとりつつも大敗した［第1回投票。第2回投票では27.10％、地方議会議長は1人も選出されなかった］とはいえ、党にとって、記録的な躍進だった。

しかし2005年［欧州憲法条約批准の国民投票、フランスは54.84％が反対して否決］の分布図には、1992年（p.9参照）にすでにあった現象がふたたびあらわれている。とくに郊外に住むつましい有権者の一部による、欧州連合（EU）指向の拒否である。

彼らの雇用、より一般的には国民経済の構造を脅かすことの懸念からである。ここに国民戦線の分布との違い、とくに最近のそれとの違いがある（p.12参照）。

16・1992年、新しいフランス

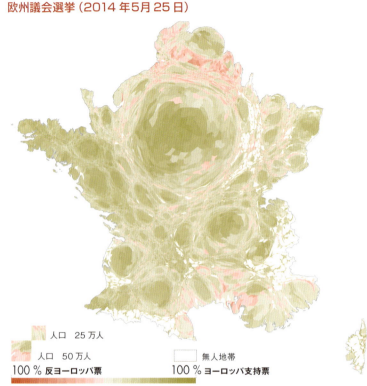

欧州議会選挙（2014年5月25日）

人口 25万人
人口 50万人
100％反ヨーロッパ票
100％ヨーロッパ支持票
無人地帯

出典：フランス内務省、Base des aires urbaines 2010 INSEE ; Geofla IGN 2014

欧州議会選挙、フランスの分裂

　要約すると、ヨーロッパの問題をとおして表明された、他者との関係性についての分裂には4タイプがあり、地理的にはっきりとわかる。

　その1は地方同士の対立で、国家主義（エタティスト）（ノルマンディ、ピカルディ［旧地域圏。p.108の地図参照］、プロヴァンス）と地方分権主義（フェデラリスト）（アルザス、ブルターニュ）である。1992年に非常に顕著だったものが、欧州憲法にかんする2005年の国民投票でふたたび姿を現したが、次の2つの分裂が起こったことによって弱まった。

　2番目の分裂として国民戦線に多数の票をあたえた地方がくわわって、最初の分裂を複雑化している。東北部の衰退しつつある工業地帯および地中海沿岸地方である。それらは1992年の反対票の分布では見分けられないが、2002年以後ははっきりと現れている。

　3番目の分裂は、もっとも強力だ。そ

れは都市度を特徴とするもので、中心部から遠くなるほど、そして町の規模が小さくなるほど、EUへの不信感が大きくなることを示している。

　それを第4の分裂が仕上げる。たしかに2005年におけると同様1992年にも、ヨーロッパの建設を有害と見た庶民的郊外の不信感があった。そこで作用しているのは、たんに中心部か周辺部かという都市度の違いだけではなく、イル＝ド＝フランスの北東部と南西部、リヨンの東と西、マルセイユの北と南を分ける線である。国民戦線が最近「攻略した」地域ではあるが、すでに1992年においてヨーロッパに対する不信を表明していた北部と東部の旧炭鉱地帯をそこにくわえてもいいだろう。

　ヨーロッパ問題について見ると、庶民的郊外の有権者たちの一方または他方への移行は、重要な未知数である。

ヨーロッパ各国における同様の変化

　得票分布の地理の変化が、ヨーロパの多くの国で起こっている。オーストリア大統領選（2016年12月）、ブレグジット（2016年6月）、また近年のフィンランドでの選挙がそれを証明している。制度的に異なる状況にあっても、問題点は共通で、外の世界へ向かっての開放か閉鎖かということである。

都市周辺部と「真のフィンランド人」党の保護主義

　フィンランドにおいては、極右運動の歴史的伝統がなく、政治は長いあいだ対立なく行なわれてきたが、ヨーロッパの「官僚制」に対して庶民の価値を守る新しい党、Perussuomalaiset（平凡なフィンランド人党［このフィンランド語を直訳するとこうなるようだが、英語で真のフィンランド人党True Finnsと名のった。だが2011年からはフィンランド党Finns Partyを使用］）が登場した。一種の農民党の新しい形として、フィンランド田園党を継いで1995年に創設されたこの党は、欧州連合、移民流入、少数派のスウェーデン語使用者を保護する2言語併用の拒否に、キリスト教の要素（妊娠中絶と同性婚の拒否）を結合させた、多種保守主義というドクトリンを徐々に明確にしている。国内産業の保護、累進課税制、強度の福祉国家を訴え、2011年の国政選挙で有効票の19％を獲得して第3党となった。支持層については、ヘルシンキの都市圏内にも都市度による差異がみられ、中心部とその近くの郊外は圧倒的拒否だが、それを地続きでとりまいている周辺地区は強力に支持していて、中心部と周辺部の支持率を比較すると、1対15となっている（p.20地図）。

イギリス──アイルランド、スコットランド、ウェールズが離脱に反対

　イギリスでは、2016年6月23日の国民投票において、ナショナル・アイデンティティの相対化が妥当かどうかを争点とするEUへの帰属問題が問われた。すさまじいキャンペーンの末、離脱側が票の51.89％を得て勝利した。
　1973年にEUの前身EECに加盟して以来、イギリスはつねにその帰属について迷っていたが、ヨーロッパ建設の政治

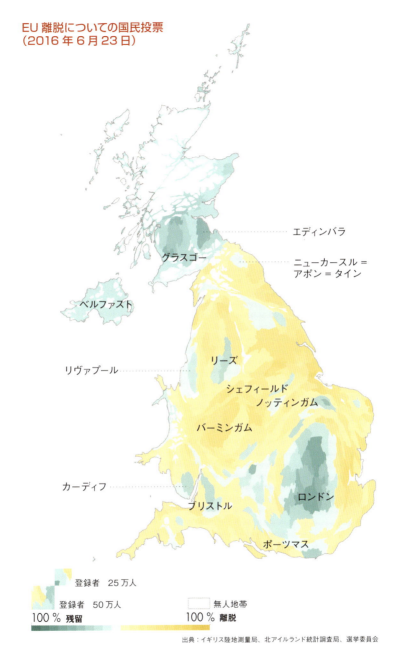

EU離脱についての国民投票
(2016年6月23日)

出典：イギリス陸地測量局、北アイルランド統計調査局、選挙委員会

的深化が議題にのぼるようになってからは、なおさらだった。この長い構造的「ヨーロッパ懐疑」のはてに、ヨーロッパは拒否された。なぜなら国家の主権を

「真のフィンランド人党」への票（2011年国政選挙）

傷つけるものとしてだけでなく、もっと幸福だったと感じられる時代へのノスタルジーに対する、スケープゴートのようなものと受けとめられていたからだ。

2つの分布が観察される。まず、もうひとつのアイデンティティをもつ地域（とくにスコットランド、アイルランド共和国との連続性を気づかう北アイルランド、そしてウェールズ）はEU残留希望を表明した。それとともに、都市度が

オーストリア大統領選 (2016年12月4日)

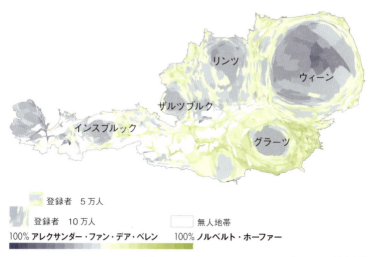

登録者 5万人
登録者 10万人
無人地帯
100% アレクサンダー・ファン・デア・ベレン　　100% ノルベルト・ホーファー

出典：Bundesministreruim für Inneres ; data.gv.at [オーストリア連邦内務省]

大いに影響し、バーミンガムをのぞく大都市の中心部は、周辺部に比べてはるかに多く関係継続のほうに票を投じている。庶民票は分かれた。東ロンドンの周辺部のような郊外では、貧しい人々が離脱に賛成したが、その他ニューカースル＝アポン＝タインやリヴァプールなどはこれに反対した。

オーストリアにおけるヨーロッパ支持の都市票

全体的には反対の結果となったが、2016年12月4日のオーストリアでの大統領選でも、よく似た分布がみられた。ヨーロッパの問題が非常に関係した選挙である。エコロジストで親欧州のアレクサンダー・ファン・デア・ベレンが、53.3％の得票率で、ナショナリストで移民受け入れ反対を表明する候補者ノルベルト・ホーファーに、2度目の第2回投票（2016年5月に行なわれた最初の決選投票は、たいへんな接戦だったが無効となった）の結果勝利し、大統領となった。

オーストリアにおいての、大都市と市街化された地方との分裂にはいちじるしいものがあって、通常の社会経済学的対立はかすんでしまうか相対化されてしまうほどだ。得票分布は、選挙のたびごとに収斂して、都市度による同じ分裂をくりかえしている。これらの選挙ではどれも、他者を受け入れるかアイデンティティか、開放か閉鎖か、複数基準か自国のみを考えるかの二者択一が争点となっている。

スイスにおける
アイデンティティの問題

　スイスでは強制的、任意的国民投票[レファレンダム]あるいは国民発議[イニシアティブ]がひんぱんに行なわれるが、その結果は、非常にさまざまなテーマについてのスイスの政治的意見のイメージをあたえてくれる。性的指向、宗教の自由、移民、ヨーロッパなど問題がなんであれ、スイスのアイデンティティと他者との関係にふれたとたん、結果は似たようなものになる。［直接民主制をとっているスイスでは、国民にレファレンダムとイニシアティブという２つの権利があり、そのための投票がさまざまな案件についてひんぱんに行なわれる。憲法改正の場合は強制的レファレンダム、議会が承認した法案の是非を問う場合は任意のレファレンダム。］

都市は開放に賛成の多言語併用[マルチリンガル]の国

　このタイプの争点について、スイスには地理学的に二重の現実がある。異なる言語圏と都市化の度合である。全体として、大都市の中心部は開放に賛成だ。言語地域がなんであれ、同じ比率である。だが、都市周辺部になると地域によって違いを見せる。フランス語圏（スイス・ロマンド）はドイツ語圏（スイス・アレマニック）やイタリア語圏のティチーノ州にくらべて、他者への敵意がやや弱い。そして、国民のアイデンティティが問題になるときは、どの言語圏も、同じ言語の隣国とのあいだに独特な関係を見せる。アレマン語圏（ドイツ西南部・アルザス・スイスで話されるドイツ語）はドイツの影響力をおそれ、イタリア語圏はイタリア人に警戒する。ロマンドはフランス人に対し、それとなく恩着せがましい。宗教の違いもかかわってくる。カトリックのヴァレー州［ドイツ語圏とフランス語圏にまたがる南部の州[カントン]］は、性指向や家族のタイプについての自由な選択に抵抗を示す。観光地はその周辺地域より開放的な傾向にある。

直接民主主義の争点と効果

　直接民主主義はたんなるバロメーターではない。はっきりと重要性をもって議会に影響をおよぼし、正統性を構築する独自のプロセスである。投票は選挙民がアンケートに答えるような形で自分の意見を表明する機会でもある。イスラム寺院の尖塔ミナレット建設禁止についての投票は、重大な結果をまねくことなく不

2014年「移民の大量流入に反対する」国民投票 [50.3％で可決]

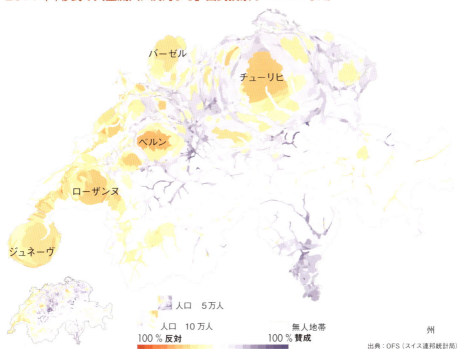

出典：OFS（スイス連邦統計局）

機嫌を表明することができる「ガス抜き」型の投票に属していた［スイスにミナレットはほとんどない］。他方、もっと重い結果をまねくことになる「行動移行」型とよべるようなタイプもある。

上の地図に見る2014年2月9日の投票は、22年前の、スイスのEUへの接近の推進力をくだいた［EEA（欧州経済領域）への参加批准を否決した］1992年12月6日の国民投票と同様、それ自身が問題の原因となっている。なぜなら、国をヨーロッパから孤立させないためには、連邦政府が自由な流通を受け入れる義務の前で譲歩する以外出口のない法的政治的窮地に、スイスを追いこんだからである。［スイスはEU市場との法的整合性を図るため、EU法を取り入れたりEUと双務協定を結んできた。］

非常に「読みやすい」選挙

移民排斥の党、中央民主連盟の強い影響力にもかかわらず、それほどの鮮明さがなかった議会選挙にくらべて、直接民主主義は、はるかに激しい分布を出現させた。あらゆる他者に対して開放することに好意的な勢力と、閉鎖を好む勢力とを対立させたのだ。よりいっそうの福祉国家を要求するか、ささやかな再配分シ

「パートナーシップ登録」賛成（2005年）

反対の都市はカトリックである

同性間のパートナーシップ法案にかんして、プロテスタントが大半を占める都市と地方では、この同性愛のカップルの部分的認知（結婚はまだできない。スイスのPACSは異性カップルにのみ適用）に対し、明白に支持を表明した。不承認はあまり都市化されていない地方、とくにカトリックの影響が強い地方から出された。

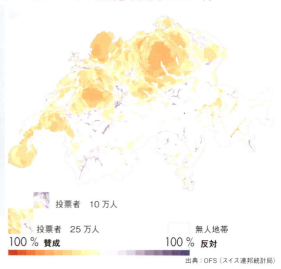

出典：OFS（スイス連邦統計局）

ミナレット建設禁止（2009年）

イスラム嫌悪（イスラモフォビア）のはけ口として

スイスにあるほとんどのモスクにはミナレットがないので、この感情的な投票に実際的な効果はほとんどなかった。しかしながら、宗教の自由を排斥する大量の票は、アイデンティティにかんする否定しがたい意味をもっている。建設禁止賛成はスイス高原（ジュラ山脈とアルプスにはさまれた地域）のドイツ語圏の都市周辺部に多く、チューリヒ、バーゼル、ベルンを結んだ三角のなか、ザンクト・ガレン州、スイス中部に集中している。

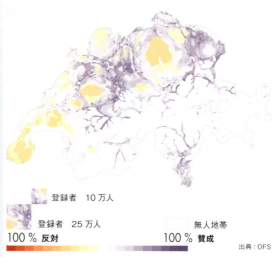

出典：OFS

ステムを維持するかといった（スイスにおける古典的な左右の分裂）ほかのテーマについてのときとは、得票分布も非常に異なるものとなっている。この場合、票差はより地域的で、「ラテン」系（フランス語圏とイタリア語圏）が「よりいっそうの国家の介入」を要求して、ドイツ語圏と対立している。ところが、他者

環境保護を理由とした移民数の大幅削減の提案（ECOPOP 環境団体エコポップ）
（2014年11月30日）

外国人嫌いは減少

　環境保護主義とポピュリストの結びつきによって提出されたこのイニシアティブは、環境保護と移民排斥と貧しい国での出生率低下支援を結びつけるもので、反対者から「環境ファシスト」との批判もあった。環境保護意識が高い都市部だが、きわだって反対が多く、その他、とくにイタリア語圏での拒否はそれほどでもなかった。

出典：OFS

を受け入れるか拒否するかの表明となると、都市度が優位に立ち、異なる言語圏にあるにもかかわらず、5大都市（チューリヒ、ジュネーヴ、バーゼル、ベルン、ローザンヌ）の中心部においては、しばしば非常に似かよった得票傾向がみられる。

　スイスはこのように、フランスに対して2つの貴重な情報をもたらしてくれる。他者を併合することと世界に向けて開放的になることにかんする争点はみな、わかりやすく一貫した分布図を明確に示すことと、直接民主主義が独自の空間を作り、その空間はとくに「庶民」と「エリート」、「負け組」と「勝ち組」、「閉鎖的」と「開放的」という対立において明瞭であることだ。

アメリカでは2つの「庶民」が対立している

トランプに票を入れたのはだれだろう？ 投票の合計と選挙後の調査がわれわれに教えてくれることは、よくある言説とは一致しない。それは、ドナルド・トランプが自分の発言に合うような有権者を作ったかのようなことを言っていた。だが、この投票の地理的分布から、いくつかの思いがけない事実が見えてきた。

トランプの選挙人

所得の格差による対立は結局、ほとんど人目を引くものではなく、予想されていたとおりにはならなかった。実際、全体として見れば、トランプに票を投じたのは富裕層であり、クリントンに投票したのは低所得者層だった。前3回の大統領選のときほどではなかったとはいえ、それでもやはり明白だった。性別や年齢別に見ても同じで、ここにはっきり識別できる違いはない。個人の好みからは独立していて、選挙民のあいだに明白な違いを生じさせている変数を手に入れたいなら、人種だろう。非白人（アフリカやラテンアメリカやアジアに祖先をもつアメリカ市民）を見ると、クリントンとトランプの割合は78対22、黒人だけなら92対8である。教育のレベルは縛りと好みの中間の領域に位置するが、すでに影響が確認された変数に結びついて断絶をさらに強め、大きくしている。たとえば、男性全体についてなら56対44でトランプ支持のところ、白人男性では67対33、大学卒業資格のない白人男性では76対24となる。

宗教的傾向にかんしてはさらに明白で、選択の方向に大きなずれを生じさせていて、これ単独でもはっきりした分裂がみられる。無宗教では72対28でクリントン支持、逆にプロテスタントでは、62対38でトランプ支持である。したがって、一方の候補者への支持割合は、グループによって1対2、複数の要素が合わさると、しばしば1対4、場合によっては1対10にまでなった。

地理空間の違いによるいちじるしい分裂

都市度による得票分布は印象的だ。ごくわずかの例外をのぞいて、どの大都市もクリントンに票を入れている。さらに大都市の中心部と、もっとも人里離れた下位都市エリアとのあいだには、明らかな対比がみられた。人口300万人以上の

2016年大統領選

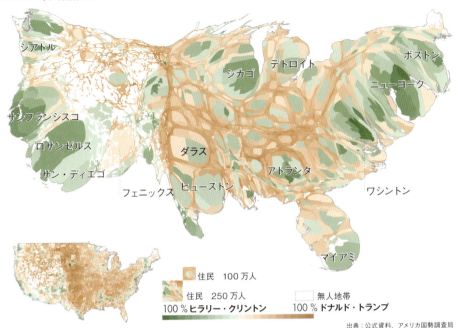

出典：公式資料、アメリカ国勢調査局

17の大都市圏では、クリントンとトランプの割合は72対28、もっとも大きい主要都市ではクリントン支持が80％以上、100万人から300万人の36都市圏では63対37だ。都市の規模は、都市度の構成要素である。もっとも都市度の低い地域は、大部分が、ジョエル・ガロ［1948年生まれ、アメリカのジャーナリスト、学者、著述家］が言及した（1981年）空白地帯にあたり、カルトグラムの技術のおかげで北東部にみられるように可視化され（空白地帯が地図上で識別できるよう残される）ているが、そこでの得票率は8対92だった。このように、都市度による違いは、ほかの変数によるより

さらにいちじるしい。そしてこの要素は、ほかの要素と異なり、多くの場合個人が選択している。有権者は概して、自分がどんな都市圏、あるいは都市度の場所に住むかを選んでいるのだ。すべての大都市と国のその他の地域との対比が、州や地域による違いに、つけくわわるだけでなく、かなりの程度、その違いに入れ替わっている。

そして都市圏は、魅力をとりもどした歴史的な中心地だけ、あるいは古いにせよ新しいにせよ裕福な地区だけをいうのではなく、ふつう、社会経済的に非常に対照的な郊外もふくんでいる。製造システムが大きな危機にある地域においては、

2012年大統領選

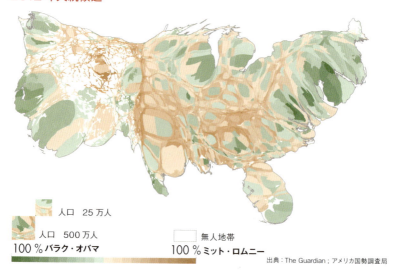

人口 25万人
人口 500万人
100% バラク・オバマ
無人地帯
100% ミット・ロムニー

出典：The Guardian；アメリカ国勢調査局

前の選挙と比べると、民主党候補としてところにより票がとれなかったが、ピッツバーグ、クリーヴランド、トレド、デトロイト、フリント、ミルウォーキーのような、20世紀初めから1970年ごろまで工業国アメリカの背骨だった、ラストベルト［「錆びついた工業地帯」北部五大湖周辺の各州にまたがる］の都市では、大多数がクリントンに投票した。別の言い方をするなら、ペンシルヴェニア、オハイオ、ミシガン、ウィスコンシンの、トランプの典型的支持者は、むしろこれらまたはその他の都市から遠く離れた周縁部に住む小商人、中小企業の経営者である。破綻したかつての自動車工場や鉄鋼業の工場の近くに住み、失業中の労働者であることはめったにない。そのような人々はクリントンに投票したのだ。

徐々に対照がきわだってきた2つの空間

支持票の2つの空間は、非常に異なる2つの基準でもある。1つは「超空間」の網で、強力な核心のまわりに組織されていて、「シンクロナイズ」される。つまり、移動や通信ネットワークによってほぼ同時につながっていて、まるで同じ場所で形成されているかのようである。もう1つは輪郭のはっきりしないテリトリーで、ほとんど生産せず、最初の空間に強く依存していて、郊外の一部をふくむと同時に、もっと離れた下位または低次の都市エリアもふくんで全国に一面に広がっている。

2016年大統領選の分布図は、2012年大統領選の分布図をほぼ正確に再現している。この両者の驚くほどの相似、さら

に、ここ5回の大統領選の相似はクリントンとトランプという組みあわせの特別な効果を相対化してみせる。それぞれのグループの選択は実際のところ、15年前からほとんど動いていないのだ。バラク・オバマが黒人で、ヒラリー・クリントンが女性だということの影響はかぎられたものでしかなく、ドナルド・トランプの「マイノリティー」への攻撃があっても、民主党側が彼らの地盤を少し失うという結果は避けられなかった。そこで働いたのは、まったく別のものである。社会についての2つの考え方と、ある点にいたるまで2つの社会は、2000年のアル・ゴアとジョージ・W・ブッシュの白熱した対決以来対峙している。このことは、舞台の上を動きまわる主役たちの独自のスタイルがどうであれ、確認されている。有権者は、ことごとく対立する自分たちの意見をとおすために、候補者を利用しているかのようにも見える。地理は、リゾーム（開かれた網）に住むか、あるいは狭い地域（かぎられたテリトリー）に住むかといった、互いに相矛盾する住み方によって区別される。都市を選ぶか、あるいは拒否するか、公共の領域対私的領域は、経済や社会学的なほかの強力な要素とも影響しあう。一方に教育、生産性、創造性（クリエイティビティ）、グローバル性、他者に向かっての開放、正義の要求、未来の存在が、他方に知性の軽蔑、経済的孤立、革新の欠如、保護主義、外国人嫌い、生物学的純血にもとづくアイデンティティ、地域への忠節、権威の尊重、神話化された過去の懐古的想起がある。ジョナサン・ハイト［1963年生まれ、アメリカの社会心理学者］が2012年に指摘したように、これらすべてが、正義への異なるアプローチを決めるのではなく、正義の概念そのものにとって代わるのだ。

空間は位置を替える

これまでに行なわれたいくつもの選挙から、フランスの地理空間のさまざまな部分について、変化の全体的な方向が明らかになっただろうか？　全体として、非常に顕著な古くからの地域の傾向が弱まりつつある一方で、それよりも強い、それぞれの都市のなかにおける相対的な位置に結びついた別の傾向が生じている。

根強く残る地方の覇権

　2枚の地図は40年隔たった大統領選を比べている。おおよそのところで似かよった2例を選んだが、どちらの選挙でも、それぞれの主要な候補者は、注目に値する票数を得たほかの2候補の挑戦を受けた。1969年のジョルジュ・ポンピドゥーは約44％を獲得したところ、アラン・ポエール23％、ジャック・デュクロ21％、ガストン・ドフェール5％、2007年には、ニコラ・サルコジが31％に達したが、セゴレーヌ・ロワイヤル26％、フランソワ・バイルー19％、ジャン＝マリー・ル・ペンが10％だった。

　1969年には2つの現象が確認された。ひとつは以前からのもので、もうひとつは新しい。新しいほうはポエールの得票状況をとおして現れた。一様に決して1位とはならないが、フランスの少なからぬ地域で3位でもない。ポエールは「オピニオン候補」であって、強い政党をもたず、中道主義を具現しようと、ポンピドゥーが代表するドゴール主義継続の埒外にいた。次の選挙では、ヴァレリー・ジスカール・デスタンがポンピドゥーの後を継いで、「連続性のなかの変革」を掲げて勝利することになる。ポンピドゥーとポエールのコンビは、なめらかに全国的で、どの地域においても比較的強く、ほかの候補者の影を薄くするような2陣営による来るべき選挙地図を告げている。

　しかしながら、この選挙はわれわれに別の物語も語っている。長い歴史でかなり安定的だった地域での、共産党の地盤の抵抗の物語である。デュクロはノール、ロレーヌの炭鉱地帯やル・アーヴルにおいて、パリやマルセイユの「赤いベルト（共産党が強い地域）」とよばれる庶民的な地区、また中央山地の北と西と地中海沿岸のラングドックに残る農村部で首位となり、彼の得票数は、港町やその他共産党が強い都市や工業地帯でかなりのものとなった。これら陣地は最後の栄光のときを生きていた。その後は少しずつ弱体化していって、1981年の選挙戦では、深刻な衰退の様相を呈する。1969年に

地方と国の関係における変化（1969年と2007年）

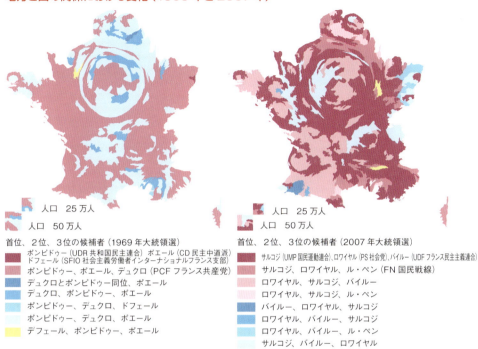

人口　25万人
人口　50万人

首位、2位、3位の候補者（1969年大統領選）
- ポンピドゥー（UDR 共和国民主連合）、ポエール（CD 民主中道派）、ドフェール（SFIO 社会主義労働者インターナショナルフランス支部）
- ポンピドゥー、ポエール、デュクロ（PCF フランス共産党）
- デュクロとポンピドゥー同位、ポエール
- デュクロ、ポンピドゥー、ポエール
- ポンピドゥー、デュクロ、ドフェール
- ポンピドゥー、デュクロ、ポエール
- デフェール、ポンピドゥー、ポエール

首位、2位、3位の候補者（2007年大統領選）
- サルコジ（UMP 国民運動連合）、ロワイヤル（PS 社会党）、バイルー（UDF フランス民主主義連合）
- サルコジ、ロワイヤル、ル・ペン（FN 国民戦線）
- ロワイヤル、サルコジ、バイルー
- ロワイヤル、サルコジ、ル・ペン
- バイルー、ロワイヤル、サルコジ
- ロワイヤル、バイルー、サルコジ
- ロワイヤル、バイルー、ル・ペン
- サルコジ、バイルー、ロワイヤル
- サルコジ、ル・ペン、ロワイヤル

出典：政治学院社会政治データセンター、Geofla IGN 2014

はまだ、たとえば、ブルターニュにおける17世紀の赤帽の反乱（レヴォルト・ド・ボネ・ルージュ）［または印紙税一揆］とコミュニズムとの連続性のように、ときにはいく世紀にもわたる政治の歴史に根づいた、地方の覇権の寄木細工のなにかが残っていたのだ。

投票の全国一律化？

2007年の選挙ではサルコジとロワイヤルのコンビの流れに逆らった地域はごく少なかった。国民戦線は、5年前に同党を第2回投票にいたらしめた思いがけない成功のあとで、思いきった行動に出るのに失敗していた時期だった。イル＝ド＝フランスとリヨンの西部の裕福な地区、アルザスとジュネーヴ近郊［スイスのジュネーヴをとりまく形でフランスのジュネーヴがある］だけで別の右派の存在が識別される。なぜならその地域では左派がとくべつ弱いからだ。これらの地域と自身の「封地」ピレネーは別として、右派バイルーがあちこちで3番目か4番目に入っている。2007年は、投票の「全国一律化」のプロセスの絶頂のときと考えることができるだろう。マスメディア

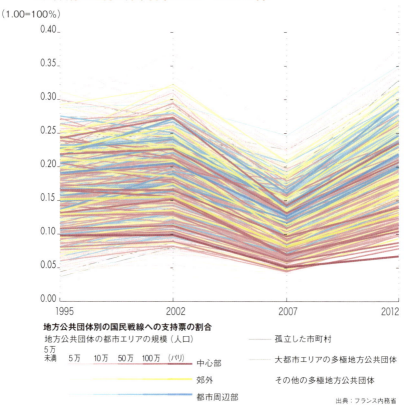

国民戦線の趨勢と都市度（1995〜2012年）

地方公共団体別の国民戦線への支持票の割合
地方公共団体の都市エリアの規模（人口）
5万未満　5万　10万　50万　100万　（パリ）　中心部
郊外
都市周辺部
孤立した市町村
大都市エリアの多極地方公共団体
その他の多極地方公共団体

出典：フランス内務省

の役割と、地域による影響が弱い社会的画一化が、従来の地域による相違を減じさせ、全国的な得票は地域によってほとんど変化がなかった。

都市度の政治的発明

「国営化」の時期は新しい時代の不意の出現によって終わった。空間の分化である。1980年代なかばから、国民戦線の空間が増加したことが、この変化の道をたどるのを可能にした。国民戦線の歴史は、3つの積み重なる定着のうえに構成された。地域、社会経済グループ、都市度である。

ジャン＝マリー・ル・ペンは最初、地中海沿岸付近の有権者を味方につけ、次いで旧炭鉱地帯の有権者を、それから危機にある工業地帯の有権者を味方につけた。この状況はより概括的な力学のなかで起こったが、そこでは地域の政治的アイデンティティが再発明され、数世紀ではないにしても、ここ数十年そうだったものから遠ざかり、ときにはまったくそれを逆転することとなった。たとえば、

プロヴァンスとラングドックは、かつて優勢だった左派を主流からはずし、ブルターニュはそれを受け入れた。国民戦線は、職人、小商人、農業従事者、そしてとくに労働者の世界で強力な支持を獲得しているが、驚くべきなのは、都市度がもっとも弱いところ、つまり都市周辺部や下位都市エリア、低次都市エリアでの成功である。グラフは、どこであろうと、それぞれの都市エリアのなかで徐々に進んでいる、都市度の違いによる分断をあらわしている。2012年には、都市周辺部は一貫して高い数値を見せる一方で、逆に大都市中心部は、この党の全国的な躍進にもかかわらず、国民戦線支持を明確にこばんでいる。

　票の空間的次元はしたがって、居住の選択のタイプによる、つまり個人の生活の様相による再編成の方向へ移動した。そこでは自由な選択ができる幅が、つましい世帯の一部にとってさえかなり大きくなっている。支持票の地理は変わった。いまや別の地理が場所を占めている。

居住の流儀

この地図はフランスにおける地価のばらつきを表している。フランス中部のクルーズ県とパリの6区では1対17、さらに細かい単位でみればもっと差がある。住むのに適した土地の値段は、住民にかかる外部からの制約のようだ。

しかしながら、こうした地価の地域による差異は、本質において、長期的に見て、「投機」の結果ではない。それは、場所の社会的評価の地理的差別化の金銭的な表れである。多くの要因があるひとつの場所にあたえる価値の要約されたものだ。その意味で、その重要性は金銭の問題以上である。

以下のページでは、土地の値段が、より一般的に、居住の形態を決める制約と自由、選択と非選択の複雑な結びつきをともなって現れるだろう。そこにはつねに空間性と空間がある。空間性は大小の行為者の意図する論理であり、空間はこのようなさまざまな意図を具体化し、みなにとって共有の環境となるものだ。

住宅あるいは交通の便の問題、保育園あるいは教育システムの問題、収入あるいは医療の問題において、差異と不平等を見ることになるだろうが、それらはシステムのせいであると同時にそれを動かす人々のせいでもある。そのため住居の地理は、つねに不安定なバランスにあり、変化し、緊張状態にあって、不可避的に政治問題となるのである。

レンヌ

ナント

ボルドー

トゥールーズ

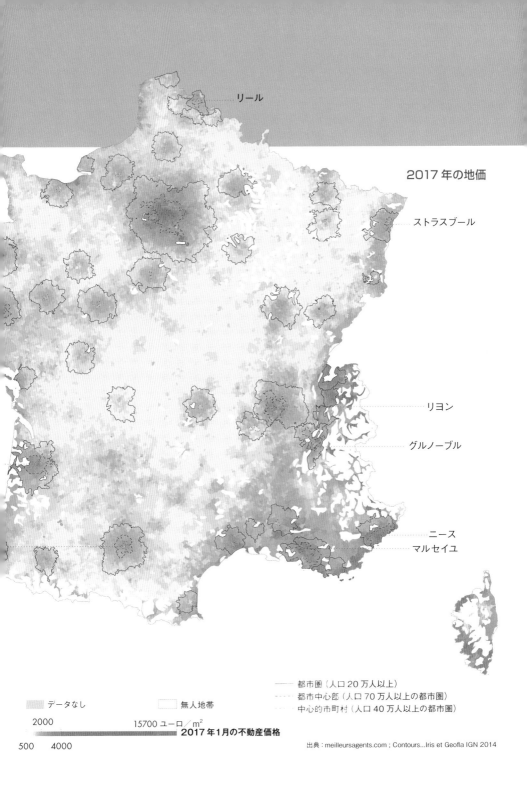

家族、他人のなかからの選択

個人の人生や社会における家族の位置は、ここ数十年で大きく変化した。同時に空間との関係も完全に変わっている。全体的に見て、どちらの場合も制約から選択の自由への推移が観察され、そのことを地図が表している。分割された単純な範囲内での選択が、非常に多様な選択と多様な形態に変わったのだ。

かつての序列の痕跡は弱まっている

数世紀にわたり、ヴァンデとブルターニュからノールまで、そこからまたパリ盆地東部をつらぬく、広く山型をなす地域は、多産なフランスとして、18世紀以降出生率の低下によって徐々に劣勢となった国のその他の地域と、対比させられてきた。この痕跡が残っているのは、都市エリアと都市エリアのすきまであることが多く、そこにはかつての序列の記憶のようなものが見える。今日では、そのような対比は、それぞれの都市エリア内部で起きていて、地図は周辺部から郊外、中心部へと世帯の人数が減少していくグラデーションを見せる。都市部以外は平均的な値が支配的である。

これがわたしの選択

どんなところに住むかの選択について、従来は「ライフサークル」で説明されたものだ。若者は都会の便利さを求めて豊かな中心地区の小さなアパートに住むが、その後「家族を作って」「もっと広い家をもつため」に周辺部へ移る、そして子どもが巣立ったあとまた中心部に近づく。この図式はまったくのまちがいとはいえないが、かなり不完全だ。実際は、人生段階によるこのタイプの移動はまれである。もとに戻ってくることはめったになく、移動するとしたらもっと周辺部へ移ることのほうがずっと多い。郊外の一戸建てから、さらに周辺部へというのが、ライフサークルに沿っていないかもしれないが、実際によくあることだ。今日、郊外に住む人々が周辺部へ移ることが多い反面、1990年代からは、中心部へ向かう動きは少なくなっている。こうしたいままでと違う動きが、いままでにないライフスタイルを作り出している。

フランスの都市周辺部に1人暮らしが少ないのは事実だが、ほかの都市度の部分においてはまちまちである。さらに「1人暮らし」というのはかならずしも孤立しているという意味ではない。数百万組のカップルがときに近所に、ときに

家族の規模

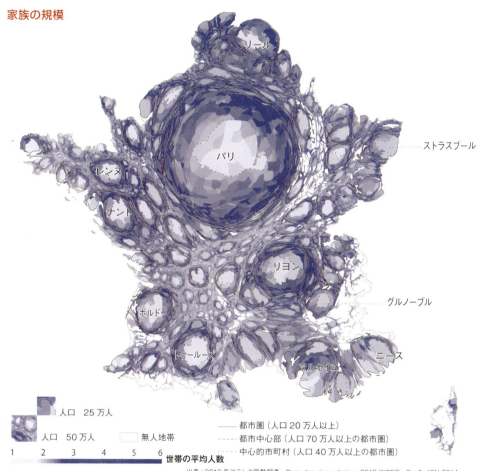

遠方にそれぞれ世帯をかまえている。したがって、中心部には未亡人と学生しかいないということではまったくないのだ。また地価が高いことを考えれば、お飾り程度にすぎないだろうと考えられてしまいそうだが、実際は大都市にも多くの家族が住んでいる。パリとフランス西部の大都市を比べると、パリの子どもの数は、中心部のほうがその周辺部より絶対数で

も多い。こうした都市中心部に住む家族は、たんに別の判断をしているのだ。つまり、子どもにとっても、都市度が高いほうが好ましいと考えている。なぜなら都市は子どもたちに、活動の自由や早い時期からの教育的な刺激をあたえてくれるからだ。どちらの選択においても、子どもはその理由ではないし、たまたま生まれてきたのでもない。彼らはそれぞれ

婚外子の誕生

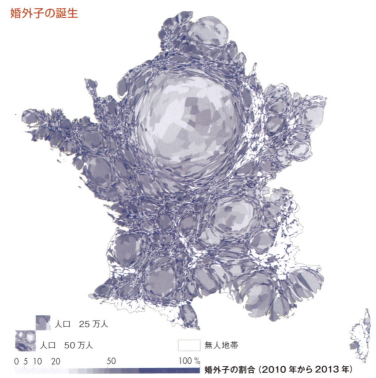

人口 25万人
人口 50万人
無人地帯
0 5 10 20　　　50　　　　100%
婚外子の割合（2010年から2013年）
出典：2013年フランス国勢調査、Base des aires urbaines 2010 INSEE ; Geofla IGN 2014

が人とは違う人生モデルの一要素（p.48-49参照）であり、それぞれのモデルがさまざまな地理のなかで家族の設計を描いているのだ。

1つの事象、4つの説明

　婚外子の分布図がこれに複雑さをくわえる。1970年以来、生殖と結婚との切り離しが、大都市からはじまって全国に広がった。この分離は、愛情生活にかかわる社会規範から、個人を解放する動きの一環をなすものである。だが、2005年ごろから分布図は逆転したと見えるほど変わり、最先端だったパリはすっかり遅れをとった。これには4つのタイプの説明が考えられるだろう。「ブルジョワ」家族の新しい保守性、大都市に多い移民によるふつうの結婚と出産、「革新」グループの結婚への回帰、違法な一夫多妻制の影響。最後の事象は、その数が非常にかぎられているので、すぐさま排除できるだろう。では、結婚という制度がお祭り気分の反体制グループへも戻ったかというと、それを実行しているのはほんの少数のボボ［ブルジョワ・ボヘミアン］でしかなく、このグループにふくまれそ

うな人々は、いまだにパックス［民事連帯契約。異性あるいは同性のカップルが、婚姻より規則がゆるく、同棲よりも法的権利などを享受できる制度］を利用する場合が多い。

したがって、むしろ最初の2つの論理を組みあわせるのがいいだろう。これらは裕福なパリ16区と庶民的な郊外セーヌ＝サン＝ドニが同じカテゴリーに入るのを説明している。

大都市の典型的な裕福な地区では、結婚は変化しながらも長続きしている。他方、郊外に住む外国出身の人々にとって、結婚は家族の統合であるとともに、フランス社会への同化の儀礼でもあるのだ。

これら2枚の分布図は、空間との関係の複雑さを示している。都会の真ん中という位置取りは、選択の1要素でもあり、結果の1つでもあるのだ。

人生設計の中核となる住居

　ここに掲げる2枚の分布図の類似は驚くほどだ。借家人は集合住宅に住み、持ち家は一戸建て住宅である。2つのフランスが対立している。一方で便利さと集団での生活、他方で資産の所有と家族優先である。このような対照が生まれた原因は？　客観的な制約のせいではなく、むしろ満足すべき暮らしのタイプが違うからなのだ。

非常によく似た分布図

　p.41、42の分布図はよく似ている。どちらにおいても人口20万人以上の都市圏の中核部（中心部＋郊外）でいちじるしい相似を示すが、そこでは住民の大半がアパートを借りて住んでいる。都市の規模が大きいほど、ますますその傾向は強まる。反対に、持ち家のある人々は、「田園地帯」もふくむ広い地域、つまり人口密度が低い都市周辺部、下位都市エリア、低次都市エリアに圧倒的に多い。この3つのタイプがめずらしく同じグループに入っていることが、強調されるべきである。このような特徴は所得の分布図（p.56〜参照）にはあらわれず、全体としてより豊かな都市周辺部は、都市圏の外に位置する地域とは識別されるからだ。

　もっとも大都市においては、2枚の分布図に微妙な違いがある。裕福な地域（パリとリヨンの西部、マルセイユの南部）では、集合住宅が主である中心部にも持ち家が入りこんでいるのだ。（中央からの距離はさまざまでも同じ方向に沿って地区を関連づける）「角度をなす領域」のモデルが、ここで分布図にひかえめに姿を見せてはいるが、本書全体をとおしてみられるのと同様、総じて主導的なのは、むしろ中心部と周辺部の関係である。

　建物のタイプと居住の形態には相関関係があるのだから、分布がよく似ているのはあたりまえだと思うかもしれないが、ヨーロッパをふくみ、どこにおいてもそうだというのではない。スペインやイギリスのような国では、自分の住居を所有している人が多く、アパートに住んでいる人々も一般に不動産所有者であるが、スイスやドイツでは一戸建てを借りている人の割合もかなり高い。しかしながら、これらの国においても、この2つの変数の相関関係への傾向は現れている。フランスではそれがとくに明瞭なのである。

集合住宅 vs 一戸建

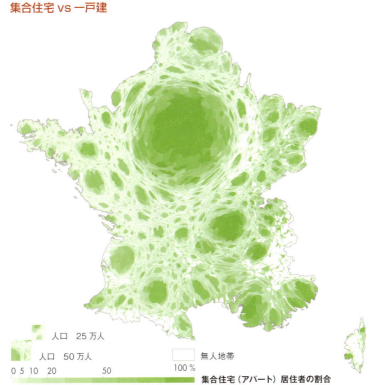

人口 25万人
人口 50万人
無人地帯
0 5 10 20   50   100 %
集合住宅（アパート）居住者の割合

出典：2013年フランス国勢調査、Base des aires urbaines 2010 INSEE ; Geofla IGN 2014

静かな変換

このような現象をどう説明しようか？土地の値段のせいだろうか？　中心部から遠くなるにつれて、土地は手に入れやすくなり、不動産所有をより自由に望めそうだ。だが、代償を考えると、この仮定はぐらつく。土地の価値が下がれば、結局その分、広い土地を買うことになる。くわえて、土地がより安い都市エリアの外では、住民の収入も低くなるので、そのことが借家人になることをうながすはずである。ところがそこでは持ち家が支配的なのだ。この解釈の困難さをのりこえるためには、まず住居の所有権の相続という側面を理解すべきだろう。今日所有されている住居のほとんどは、とくに農村部においては、購入されたものではなく、相続によって受けとったものである。こうして、古い田舎の世界が都市のそばにあるとき、知らないあいだに都市周辺部に生まれ変わるのだ。一方で、その他の場所では、農家が別荘に変身する。

相続によって所有者になるという消極的な方法にくわえて、住居を買うという選択は、複合的な動機から生じる。まずは、より大きな自由の追求だろう。賃借

人は大家の勝手な都合に従わなければならないが、自分の家ならそんな心配はない。また賃料は「返ってくる見こみがない」支払いなのに対して、金銭的な最適化計画（金銭の最大限の利用）でもありうる。また「老後」のための保険として、賃貸や値上がりを見こんでの「投資」としてのこともある。さらに、所有権取得には、子孫に残すことができる典型的財産形成というふくみもある。これらのいくつかが組みあわさって、将来所有者になる計画を固めさせる。最近行なった調査では（Chôros/CEGET, 2017）、多くのフランス人が、居住の権利は、「住居を所有する権利」において実現されると考えていることがわかった。まるで２つの概念が同じものであるかのようである。

矛盾する理由

しかしながら、これらの論理は、互いに一部矛盾している。もしおもな目的が財産を向上させるためだったら、家を買うといった重大な資産の不動産化は、選択の自由を妨害する資本利用の制限となる。より「流動的」な資産のほうが、個人の人生の動きや運用の機会に対しより

賃貸 vs 所有

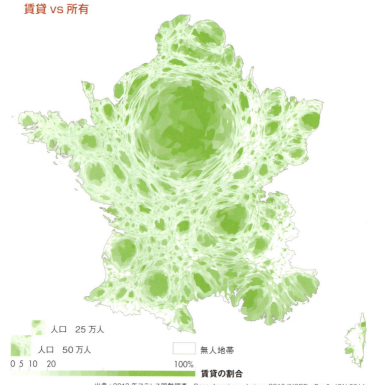

人口 25 万人
人口 50 万人
無人地帯
0 5 10 20　　　　　　100%
賃貸の割合

出典：2013年フランス国勢調査、Base des aires urbaines 2010 INSEE ; Geofla IGN 2014

よく対応することができるだろう。その上、土地の価格の上昇は、企業家には有利だが、住民にはそうではない。もしその値上がりを利用してその住宅を売り、別のもっと大きくてもっと快適なものを買いたいなら、土地の価格が下がった場合にそなえて、別に一定の資金調達の能力があったほうがよい。さもなければ必要とされる努力はそれだけ増えることになるだろう。その上、平均寿命が伸びたことで、相続の論理も変わっている。90歳で死んで家屋を子に残すとき、子は60歳とか65歳になっているため、かつてに比べ、子が「人生をはじめる」ための「後押しをする」という意味あいは必然的に失われることになった。ここでもまた資産の凍結は逆方向に作用する。そして、家賃の増加が購入を強いるという論拠も、くつがえされることになるだろう。フランスでは、収入より速いスピードで値上がりする傾向にある土地価格と反対に、家賃はどちらかというと長期安定している。なぜなら、とくに不動産所有者（あるいは所有したいと思っている人）が市場に多くいるほど、より強い圧力がひき起こされて、売値を引き上げるからである。こうした筋のとおらない一連の論理には、財産所有の社会と対立的な「サービス社会」に向かう動きの外に維持されている神話の一部がある。しかし、現代を特徴づけているのは、その動きのほうなのだ。

成功したといえる人生の空間

　この分析によって、住居というテーマとそれに付随する空間性との関係について、違った見方ができるようになる。住宅はいまも、ほとんどだれにとっても高価な財産であり、たとえ広く中流階級にはより自由がきくとしても、暮らすことの、管理が決して容易でない1要素だ。フランスを2つに分けているのは、収入が同じであるときの、成功したといえる満足すべき人生における住居の位置づけの問題である。ある人々は、身軽であること、人生のさまざまな時期に合わせて融通がきくこと、都市環境の利点を評価し利用することを優先させようとする。また別の人々にとって住居は、人生における重要なものへの投資、隔離できる財産、愛情の強い責務としての最重要な投資である。

　これはかなりの違いであり、それがほかの選択、もっと個人的でない、投票によって表明される政治的傾向のような、より社会的な選択にも連動していることは驚くにあたらない。

移動と公共の空間

　　　住居と同様、移動性もフランスの空間を深く分断している。対比は非常にはっきりとしていて、大都市の中心部では公共交通機関が移動手段を提供しているが、その他の地域では自家用車が支配的である。もちろんこのような対比をきわだたせているおもな原因は、人口密度の違いであると説明できる。しかしながら、人口密度自体が一部は、公共空間を好むか拒否するかの、住民の選択の結果なのだ。

自家用車、1台か2台か、それとももたないか

　p.46、47に示す2枚のフランス地図は、一目見てわかる2つの現実を示している。車をもっていないということは、徒歩か2輪車あるいは公共交通機関を利用して移動していることを意味する。2台もっているということは、同じ家族のなかですくなくとも2人が私的な手段で同時に移動することができることを意味する。4タイプの空間に大きく区分できる。まず大都市中心部。そこではかなりの住民が、あるいは大半が車をもたない。車を使うことが非常に多い都市周辺部、その中間の状況にある郊外地区、それからやはり中間的だが、もっと車の利用が多い、下位と低次の都市エリアがある。

　自家用車2台所有は、とくに都市をとりまく都市周辺部にきわだっているが、フランス国立統計経済研究所（INSEE）が都市周辺部を自宅と仕事場とのあいだを振り子のように移動するのが特徴だとしていることを考えれば、当然である。そこに住居をかまえ、家族のうち2人が仕事に出ている家庭では、その地域にはほとんど公共交通機関が提供されていないため、自前で用意することになるのだ。

都市のサイズが問題

　自家用車がないことに注目するなら、違いは都市の規模に関係することがわかる。主要都市のなかでも、パリはリヨンとリールを引き離しているが、リヨンとリールもその他の大都市とは違いを見せ、新しい公共交通の提供を享受している。中規模の都市では、中心部と郊外であまり差がなく、大都市より自家用車保有率が高い。より小規模の都市では、都市周辺部との違いもはっきりしなくなる。

4つの状況

　2枚の地図にほとんど差がないことが、有益な手がかりをあたえてくれる。自家用車を所有することと、2台もつこととの強い相関関係を見れば、決め手となる境界線は住民が自分の移動手段について

グルノーブルの公共交通

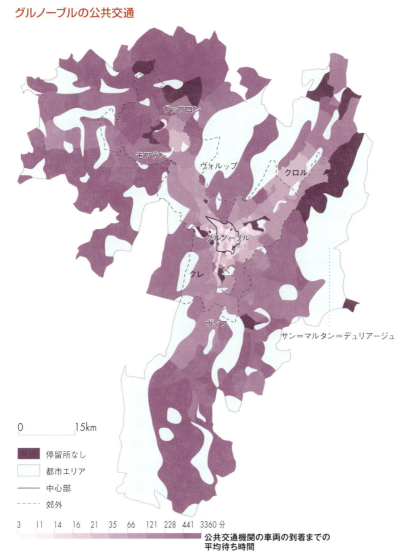

凡例:
- 停留所なし
- 都市エリア
- 中心部
- 郊外

3　11　14　16　21　35　66　121　228　441　3360 分
公共交通機関の車両の到着までの平均待ち時間

出典：TAG, Translsère; Base des aires urbaines 2010 INSEE ; Geofla IGN 2014

どう考えているかであることがわかる。上述した4つの状況のそれぞれを、空間性（住民の期待）と空間（環境が提供する資源）との出会いとして、読みなおすことができる。大都市の中心部では、移動手段の強い需要と、それに答えての公共交通機関の充実が結びついている。都市周辺部にも強い需要はあるが、それに私的な移動手段で答えている。私的移動手段は都市部からもっと遠いところでも

私的移動手段──すくなくとも自家用車を1台所有

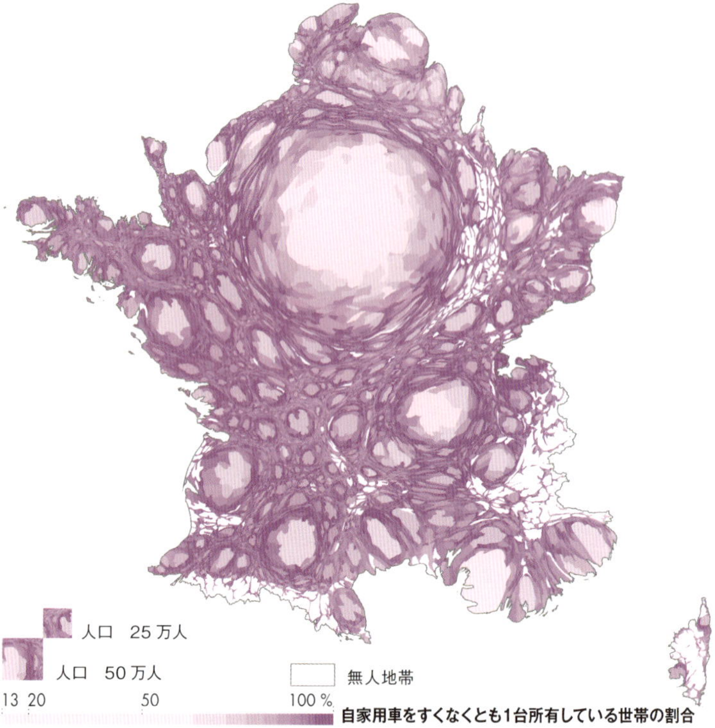

人口　25万人
人口　50万人
無人地帯
13　20　　　50　　　100％
自家用車をすくなくとも1台所有している世帯の割合

出典：2013年フランス国勢調査、Base des aires urbaines 2010 INSEE ; Geofla IGN 2014

支配的だが、公共交通の需要は低い。そして最後に、郊外は需要と供給にかんして迷いを示している（しっかりした公共の交通網はあるが、不十分）。

移動のためにどんなモデルを選ぶか？

　グルノーブルの市街空間の地図は、交通機関の需要と供給の関係について、統一された性格を見せる。交通網は伸びているが、その交通量は中心部と周辺部ではかなり異なる。バスの停留所を増やすことは比較的安価にできるとしても、地方自治体が赤字を拡大せずに、私的手段から公共手段への移転を可能にする頻度を確保するという目標に達するには、十分な密度が必要だ。それには直接関係する住民の要望と、ほかの全員の投票を通じた賛同が要る。悪循環となるか好循環となるかは社会の期待によるのだ。

　住民の判断基準の1つは公共空間の位置づけにかかわっている。公共の移動手段は、固定の公共空間の延長となる。バスや路面電車や地下鉄のなかで、歩行者は歩行者でありつづける一方で、車の空間においては、乗り物も道路もそして行

私的移動手段──すくなくとも自家用車を2台所有

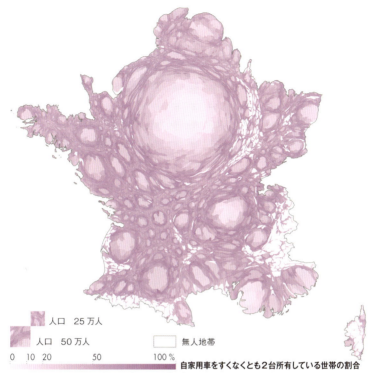

人口 25万人
人口 50万人
無人地帯
0　10　20　　　50　　　　　　100%
自家用車をすくなくとも2台所有している世帯の割合
出典：2013年フランス国勢調査、Base des aires urbaines 2010 INSEE ; Geofla IGN 2014

き先も車でなければ不便な場所にある仕事場、別荘、ショッピングセンターなどといった私的なものとなる傾向にある。

　新興の交通手段（カーシェアリング、車の共有、新種のタクシー、自動運転車…）がおそらくカードを切りなおしつつあり、とくに集団と個人、公的と私的の対立は解除されることになるだろう。個別の交通手段が、公共の移動手段の領域に入ることで、人口密度の低い地域についての問題解決が期待できる。そのとき、住民の暮らし方の選択との適合性が問われることになるだろう。

入学前の子どもの預け先

　　　子守の態様は、家族の地理学にとって信じられないほど豊かな情報となる。入学前の子どもを日中だれが面倒を見るのか？　分布図の答えは、都市度と地域による違いの混じりあった複雑な空間を見せる。その際つねに関係するのは、教育についてのなんらかの考えと、社会生活における女性の地位の状況である。赤ちゃんのフランスはその親のフランスを詳細に物語るのだ。

保育園、都市中心部の教育モデル

　もっとも単純なのは保育園の分布で、それらは大都市の、とくに中心部にある。だが都市圏内での多様性もまた無視できないことで、この問題について機械的な連関があるわけではないことがわかる。保育園は、公共政策の結果であり、大部分はその地方自治体の出資によるが、地方自治体は住民の支持に依存しているからだ。そこで気づくのは、保育園は裕福でない家庭の母親たちが外で働けるようにと設置されたものなのに、庶民的な郊外がこの点で成績が悪いことである。イル＝ド＝フランスでは、北部の貧しい地域が、南西部の裕福な地域よりよくない。裕福なエクス＝アン＝プロヴァンスやマルセイユ南部は、貧しい北部地域より、保育園に多くの場所を提供している。フランス北部と東部の工業地帯であるルーベやトゥルコワンは、ル・アーヴル、ミュルーズ、クレルモン＝フェランのような労働者の町と同様、消極的である。これは困窮している住民への直接の生活保護が優先されていることで説明できるだろう。だが次のような事実からも説明できる。保育園は親の意識のなかで、最初の頃から少しずつその位置づけを変えたのだ。今日では完全に教育の場、プレスクールと考えられていて、多くの親たち、とくに高い教育費を払えるような親たちは、現代的な教育を非常に評価している。保育園は公共交通や公共の空間と同様に、住民の投票で決められる共同の場所であるが、反面、それに投票するのはどちらかというと個人の生活を豊かに享受している人々である。より個人的であることがより社会的となる例だが、逆もまたいえる。

ケアか連帯か？

　p.50と51の2枚の分布図は、全体として、最初の1枚とは正反対で、色の濃淡が逆転している。
　自宅保育士（子守_{ヌーヌー}）はとくに郊外や都

保育園

人口 25万人　　無人地帯　　子どもがいない自治体
人口 50万人　　保育園なし
0.03　0.2　0.3　0.4　0.5　　1
子ども1人に対する保育園の受け入れ余地

出典：La Caisse d'Allocation Famillliales（家族手当金庫）、Geofla IGN 2014

市周辺部に多い。特別な施設を必要としないので、人口密度が低い地域に適していることは理解できる。しかしながら、リヨンやボルドーのような大都市では、都市中心部にも浸透している。ブルターニュとヴァンデ県では中心部、郊外、周辺部をふくむ広い範囲で支配的である。地中海沿岸やパリ盆地の中都市ではコントラストが歴然としている。してみると、子どもを預かる女性の存在は、親の側の集団や国家（たとえそれが地方自治体であっても）に対するある種の警戒心と、大人と子どもの個人的な直接関係のほうを好むことを意味するようだ。これは個人間でのケアか社会的な連帯か、というヨーロッパの論争（レヴィ、2011年）を思い出させるが、女性の社会参加にかんするもう一つの論争とは相対的に独立している。

家庭にいる母親

その論点にかんしてはp.51の地図が報告する。育児休暇をとっている親のための「自由選択の補填育児手当て（CLCA）」は、親が実際に家にいるかどうかの指標となるが、圧倒的に母親の場

自宅保育士

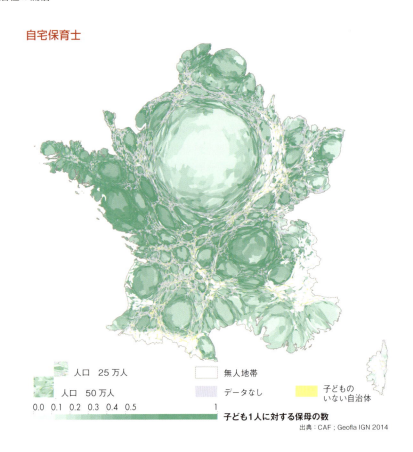

人口 25 万人　　無人地帯
人口 50 万人　　データなし　　子どものいない自治体
0.0 0.1 0.2 0.3 0.4 0.5　　1
子ども1人に対する保母の数
出典：CAF ; Geofla IGN 2014

合が多い。またしてもフランス西部、リヨンを中心とする広い地域と地中海沿岸、そして一般に人口密度が低い地域で多い。これはある意味当然で、保育士は、比較的人口密度があって、十分仕事になるだけの市場がある環境を必要とするからだ。そのためこの状況は決して偶然ではない。都市から遠い場所にすむ親、あるいは未来の親は、個人サービスとして何が期待できるかをもちろん承知しているはずだ。

この選択の違いは、幼い子どもの発達を考える3つの態度でもある。保育園に行っている子どもはすでに学校教育のようなものを経験するが、自宅保育士の場合はそれが少なく、さらに家にいる子どもはほとんどそのような経験ができない。

子どものいないフランス

この3枚の分布図はまた、あるシンプルで強烈なことを教えてくれる。フランスには子どものいない地域が存在することだ。それは、本書がどの地図にも可視化した大人もいない無人地帯の延長である。保育園の分布に、住民がいない、子

産休中の母親または父親

凡例:
- 人口 25万人
- 人口 50万人
- 0.0 0.1 0.2 0.3 0.4 ... 1
- 無人地帯
- データなし
- 子どものいない自治体

子ども1人に対する産休手当ての件数
出典：CAF ; Geofla IGN 2014

どもがいない、保育園がないという3つの空間がぴったりと重なりあっているのがはっきりわかる。まるで人が住むところには、当然の帰結として保育園があるというかのようだ。別の角度からは、保育園が人口減少に抗する砦であるかのようにも見える。

落ちこぼれの装置のなかで

　OECDがPISA 2000年調査［生徒の学習到達度調査］を実施して以来、多くの国々が自国の教育システムが自分で主張しているほどには効果的でないことを認めざるをえないことになった。フランスの場合この認識は、多くの人々によって失敗と感じられていた「共和国モデル［フランス国民は民族などにかかわらず同じ文化的アイデンティティを擁する、という理念を実現するため、すべての国民が同じ言語を話し、共通のカリキュラムにしたがって教育を受けなければならないとする］」に対する信頼を危機におとしいれた。ところで、教育システムにおいても、空間の側面が重要であるため、親の居住地の選択の大事な要因となっている。

学校教育成功の2つの基準

　われわれは教育問題をとりあげるため、国家教育省による、リセ［中等教育後期課程、高等学校にあたる］ごとの2タイプのデータを比較対照した。最初のものは、在籍する生徒に対するバカロレア［大学入学資格、中等教育終了認定試験］合格率を、2番目は、親の職業などの家庭の社会学的状況による子どもの成績期待値から算出した、学校ごとの加点を比較した。このような指標については議論の余地があるが、学業の成功にかんしての教育システムの生産性を評価できるというメリットがある。だが反面、バカロレアは中等教育の最後に行なわれるが、重要な教育の過程は小学校に入学したときからはじまっていることを忘れないようにしたい。

　地図は2つの基準を総合している。まず2つのデータが互いに単純化できないことに気づく。苦労なくよいスコアを得ているリセと、反対に努力にもかかわらず失敗しているリセがあるが、中間の状況も同様に示されている。

　驚くのは、そのようなグループが地理的にちらばっていることだ。それぞれの学校が、環境には完全に決定されていない、特有の役割を果たしている。とはいえ、なんらかの傾向を抽出することはできる。積極的ではないが結果は出ているリセは、トゥールーズ、ボルドー、あるいは地中海岸の都市に多くある。また北部の中都市にもあり、一方で「賞賛に値する」のはむしろ北部、アルザス、大西部［南部をのぞいて、フランスのほぼ西半分］、アルプ地方に多い。

教育が成功しているかどうかの2種の評価法
── 合格率か加点か？

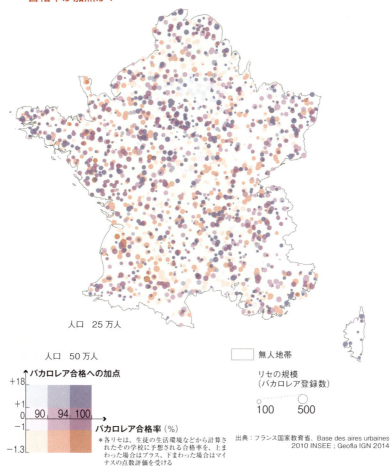

出典：フランス国家教育省、Base des aires urbaines 2010 INSEE ; Geofla IGN 2014

庶民的郊外のリセは生徒をかなり向上させている

p.54の2種のイル＝ド＝フランスの地図は、同じ合格率と加点についてのデータを分析的な方法でヴィジュアル化したものだ。公立のリセの周囲のぼかしは、生徒の募集範囲を示している。パリ中心部と南部、南西部の郊外は、全体としてほかの部分に比べて、バカロレア合格率が高い。そこでは当然、親の資金に恵まれた生徒の割合が多いことがある。もう1枚の地図では、こうした地区による特徴と各リセにあたえられた加点とのずれを評価することができる。これを見ると、近郊のリセ、とくに北東部の庶民的な地区のリセが、南部や西部のリセに比べて相対的な意味で、成績がよく、パリ市内は平凡な成績にとどまっていることがわ

イル＝ド＝フランスにおけるバカロレア合格率

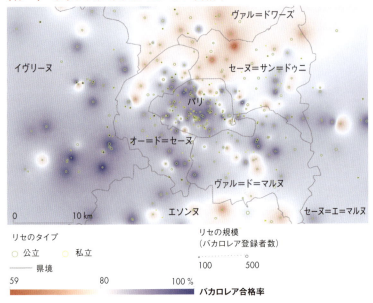

出典：フランス国家教育省、Base des aires urbaines 2010 INSEE ; Geofla IGN 2014

イル＝ド＝フランスにおけるバカロレア合格率への加点

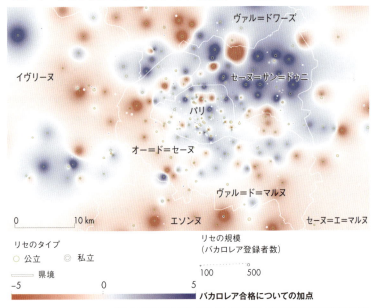

出典：フランス国家教育省、Base des aires urbaines 2010 INSEE ; Geofla IGN 2014

かる。つまり、中心部のいくつかの学校は、入学時に優秀な生徒を選別して、バカロレアで好成績を上げることを担保しているが、郊外のリセの多くは入学時に篩(ふるい)にかけることなく、入ってきた生徒たちを「引き上げる」よう尽力しているということである。

もっと必要なところに資金が少ない

　ところで、学校への資金援助はさまざまなメカニズム（教員による全国的運動の効果、市町村や県からの学校ごとに異なる援助、保護者の寄付）によるが、あまり恵まれていない生徒を受け入れている学校に対して、生徒１人あたりの資金援助が少ないのは、広く知られるところである。またコレージュ［中等教育前期課程、中学校］への援助は教育優先網（REP）に所属しているが、こちらも非常に恵まれない状況にある生徒たちを進歩させるのについやさなければならないエネルギーに照らして、あまりにも少ないことが知られている。中都市の裕福な地区で雇われたリセのスタッフは、失業や絶望、暴力で崩壊した大都市郊外のリセで働く人々と同じ仕事をしていない。そして、教育システム全体が、最初の数年から、グランゼコール［エリートを養成するフランス独自の高等職業教育機関］を最終ゴールとする進路指導のシステムとして考えられ、構築されているのであって、全員を落ちこぼれなく教育するためではないのも周知のことだ。今日の「共和国の兵隊」はしたがって、学校の教員や校長であり、彼らは小学校からリセまで、過酷な条件にもかかわらず、彼らが受ける感謝につりあわないほどの努力を、生徒たちのためにしている。

学校は社会階層を混合させることができる

　これらの分布図はリセ間にはかなりの差異がある可能性を示しているのだが、また、意欲があってまとまりのよいスタッフが、もちろん十分な資力を使えるという条件ではあっても、落ちこぼれを減少させるための絶対的に重要な鍵であることを示唆している。

　そのことは学校の地理的位置が既存の空間的格差の結果であるばかりか、その原因の１つともなるため、いっそう決定的だ。ある１つのプロジェクトや革新的な教育方法のまわりに結束した有能な教師たちによって、「むずかしい地域」のリセを成功のメッカにすることは、これらの地区に新住民をよびよせるためのテコとなり、人々がより混じりあって暮らすことに貢献することになるだろう。

所得と都市度

　所得の中央値の分布図では、まず、大きく2つのゾーンの区切りが目に入る。大都市と下位、低次都市エリアというすきま地域で構成されるその他である。小都市は両者の中間に位置する。だが、もっとよく見ると、都市圏の内部に非常に顕著な区分があることに気づかされる。

殿の環

　都市の周囲には「殿の環」(アヌー・デ・セニョル)が、郊外と都市周辺部にまたがって存在するのが認められる。この富裕の環は、大都市だけでなく、パリ盆地の西、南仏ローヌ川流域、あるいはクレルモン、リモージュ、ボルドー、トゥールーズのあいだの、中央山地の南西の四角形に点在する中小都市にもみられる。もっと大きい都市のなかでは、エクス＝マルセイユ、ストラスブール、レンヌ、モンペリエ、トゥール、クレルモン＝フェラン、アンジェ、カーン、メッツ、ペルピニャン、ミュルーズ、リモージュ、ブザンソンなどでとくにはっきりしている。実際、「色調の違い」に注意して見れば、それはいたるところにある。その「図柄」はダンケルク、ル・アーヴル、ラ・ロッシェル、ニース、トゥーロン、あるいはバスティアのように海に面していたり、リールやサン＝テティエンヌのように中心部がいくつかあったりするせいで、複雑なものになっていることもある。リヨンのように角度のある領域の影響で、わずかに形が乱れていることもあるが、そこでは西部全体が高所得を示している。パリでも同じだが、それでも環は北東部で閉じていて、庶民的郊外の先のオワーズの南にあるヴァル＝ドワーズ、セーヌ＝エ＝マルヌにある周辺部は、それ自身、イヴリーヌの周辺部と同じくらい裕福である。環が郊外もかなりふくむのか、とくに周辺都市部をふくむのかによって興味深い変形がみられる。全体として市街地の規模がそれを決め、都市が小さいほど、環は中心部に近づく。

ボルドーでは、環はほぼ閉じている

　p.58に載せたボルドー都市圏の地図で、この現象を完全に確認することができる。中心部（ボルドー市とベグル、タランス、メリニャック、エイジーヌのような近隣の市）は平均的である。なぜなら非常に雰囲気の異なる細かい地区が混ざりあっているからだ。

　近郊は北（ブリュージュ、ル・ブス

所得の中央値

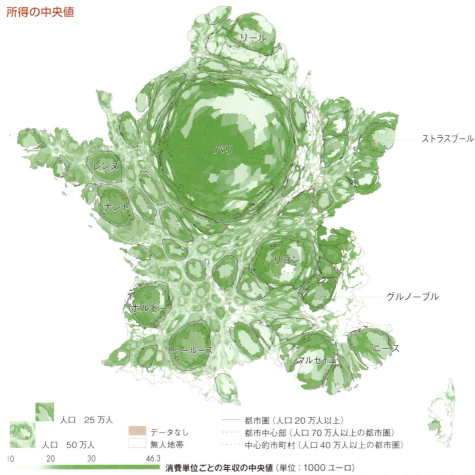

出典：Filosofi 2012、2013 年フランス国勢調査、Base des aires urbaines 2010 INSEE ; Geofla IGN 2014

カ）と南（ペサック、グラディニャン）で、東のガロンヌ川右岸地域（バッサンからフロワラックまで）より裕福であるが、東もそのさらに東側には裕福な地域があり、連続した線が東から南、南から西へ形成されている。アントル＝ドゥー＝メール地方北部に向かってガロンヌ川流域の工業地帯へ延びている小さな割れ目だけ（サン＝ルイ＝ド＝モンフェラン、アンバーレ＝エ＝ラグラーヴ）ボルドーの「殿の環」が閉じるのをさまたげている。

中心部は混ざりあい、周辺部は同質の単位に分割されている

この現象は、ヨーロッパの都市の中心部が、とにかく大都市では、元気であるだけに驚きである。したがってそこには、

ボルドーにおける所得の中央値

出典：フランス内務省、Base des aires urbaines 2010 INSEE ; Geofla IGN 2014

　北アメリカにみられるような衰弱させられた中心部と裕福になった郊外という因果関係はない。このようなプロセスは、近郊のショッピングセンターのせいで、中心部が弱体化し、商業が風化して、居住地としての魅力も失っているような、人口10万人以下のあまり観光客が訪れないような都市で観察される。だが、大都市においては事情がまったく違う。中心部と近郊は社会的階層が混ざりあっているいる一方で、遠い郊外や都市周辺部はより同質であり、工業地区にあるいくつかの労働者集団（たとえばイル＝ド＝フランスのセーヌ川下流域）を別にすれば、ほぼ一様により豊かである。中心部にも資産家はいるのだが、数が少なく、経済的に平凡な、あるいはつましい人々と共生していて、そのような人々のほうがかなり多いため平均を下げているのだが、概してこのようなグループが周辺部には

いないのだ。

　全体として、都市度はここでも積極的な役割を演じていて、多少なりとも所得分布に影響をあたえている。これらの地図はまた、たとえ生産性がメトロポール［p.106参照］とその他の地域でははっきり違うとはいっても、地理による所得の差はフランスにおいてはかなり小さい（もっとも貧しい市町村ともっとも豊かな市町村との差は1から5以下）ことを示している（p.94-95）。対照がよりはっきりしているのは、まさにメトロポールの内部である。まるで、もっとも生産的な地域の貧しい人々が薄給で働いて、発展が伸び悩んでいる地域の裕福な人々に多額の所得を保証しているようなものである。

ともに生きる

> 多様性の社会学的構成要素を混合(ミクシテ)とよぶことができるが、それは混交作用で多くの諸現実にかかわっている。ミクシテの概念は、その尺度においても解釈においても異論が多い。それをカルトグラフに正確に表してみると、この共生の実態には驚くべきものがある。

ミクシテとその敵

ほとんどが貧しい、あるいは排除された人々だけでなるスラム街がおとろえたり消えたりするとき、何人かの著述家がとくに北アメリカで、ジェントリフィケーション（中産階級化）という言葉を使っている。まるで、逆にすでに多様な人々が共生している地区の構成要素の1つがおとろえて、多様性が後退したかのような言い方だ。

結局のところ、ミクシテはいいことなのだろうか？　ある人々がそれに反対するのは、労働者共同体はどんな侵入からも守られるべきだと望むからだ。また、公的空間だけでのミクシテには利点がなく、ほんとうのミクシテは実現不可能なユートピアだとの考えもある。不動産の値上がりを狙う、よからぬ意図があるとか、ボボ［ブルジョワ・ボヘミアン］たちによるこれ見よがしの不謹慎なふるまいだと告発する人々もいる。そしてさらには、まるで富裕層と貧困層が同じ地区に住むことが、富裕層と貧困層がいるという事実の原因であるかのように、ミクシテが不平等の指標であるとみる向きもある。

成功した都市性の基準

いずれにせよ、数十年前から、都市学者によって構想され、まずまずの熱意をもって政治家に受け継がれて、ミクシテは都市化の成功の基準となった。ミクシテの公共空間では、どんな人もおのおの自分の居場所を見つけることができる。そして、居住地のミクシテにくわえて学校もミクシテなら、その日常生活における偶然の出会いによって「もたざる者」と「もてる者」とのあいだに弱いながらもつながりができ、そこで提供される文化への接近や、共同で行なわれる公的行事などが、社会生活の平穏や恵まれない環境の人々の社会移動［個人の社会的地位の変化］に寄与することになる。裕福な人々の仲間内だけでは活力を失い、貧しい人々同士だけでは、状況の困難さに堂々めぐりの絶望をくわえて致命的とな

マルセイユにおける社会経済学的ミクシテ

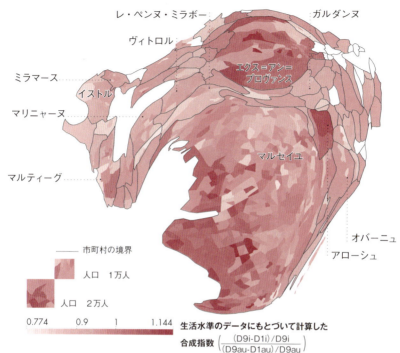

出典：2013年フランス国勢調査、Base des aires urbaines 2010 INSEE ; Geofla IGN 2014

[グラフの指数が高いほど、ミクシテが進んでいる。式中で D9 は最高水準、D1 は最低水準、中央値 D5]

生活水準のデータにもとづいて計算した合成指数 $\left(\frac{(D9i-D1i)/D9i}{(D9au-D1au)/D9au}\right)$

ることには、ほとんど異論がない。

この2枚の地図で使用している指標は、各都市エリアにおける所得のヒエラルキーに準拠している。ミクシテはしたがって、社会経済学的多様性の一般的レベルに比較してでなければ、意味がない。そこで小さな空間的単位（ここでは、市町村、マルセイユの場合は人口数千人の小さな地区）内の多様性が、その都市エリア全体の多様性に比べてどれだけ離れているかを測定している。指数が高いのは、その地域でもっとも裕福な人々ともっとも貧しい人々とのあいだの差が、都市エリアの平均に近いこと。さらにそれを超えていることを示す。

ミクシテは中心部にある

疑いの余地はない。ミクシテのレベルがもっとも高いのは中心部である。大都市では街の中心部がはっきり目立つことが多い。リヨン、リール、トゥールーズ、ボルドー、グルノーブルでそれがみられる。全体として、中心部から離れるほど、ミクシテの度合は弱まる。大都市の中心が広範囲だからではない、というのも、パリやリヨンやマルセイユの区のように

フランスにおける社会経済学的ミクシテ

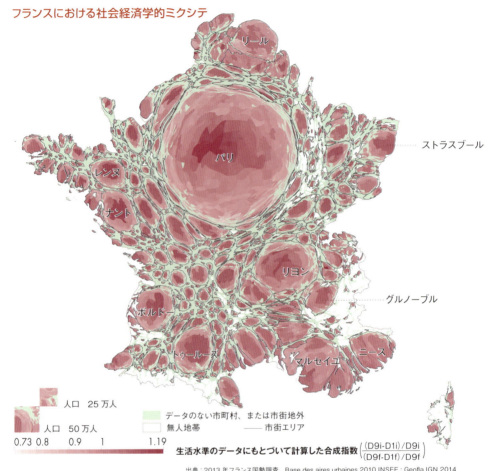

中心部がいくつもの小さな行政区分に分かれている都市でも、指標の値はやはり高いからである。

イル＝ド＝フランスでは、非常に高所得の人々の存在が、較差を大きくしている。パリ西部は、とりわけ多様な住宅ストックのおかげでほんとうの社会多様性が存在することが注目に値する。たとえばパリではミクシテの度合がもっとも高いのは市内とその直近の郊外だが、全体として、中心部に近いかどうかが、西が裕福で北東は労働者が多いという地域の問題とは独立して、ミクシテのレベルについて決定的である。したがって、ミクシテは都市度のレベルに非常に関連があり、住民が他者を受け入れようとしているか避けようとしているか、そして使用できる住居が十分にあるかどうかにかかっている。この点オスマンのパリ都市計画［19世紀のパリ改造。オスマンは当時の

セーヌ県知事］の遺産、あるいはより一般的に、移動が非常にかぎられていた19世紀に、社会的経済的に異なる階層の住民を受け入れるよう考案された建物が、今日、あきらかにミクシテ政策に資するものとなっている。

　マルセイユの例も注目に値する。なぜならこの都市エリアはマルセイユとエクス＝アン＝プロヴァンスという2つの中心地をもつからだ。この二重性ははっきりと目に入り、同様にいくつかの副次的な中心地も、その周辺より高度のミクシテを生じている。混沌とした都市エリアにおいて、マルセイユの中心は長いあいだ、裕福な人々にかえりみられなかったが、それでもなお、ミクシテの程度がもっとも高いのは歴史的市街であるエクスとマルセイユである。

　全体としてこれらの地図は、都市中心部が中産階級化し、周辺部でミクシテが行なわれているという神話が、例外を除いて、どれだけ客観的な根拠を欠いているかを示している。

64・居住の流儀

貧しい人々は都市にいる

　フランスにおける苦悩し、見すてられた空間について、多くの大雑把な発言がなされた。では貧しい人々はどこにいるのか？　答えは手厳しく、有無を言わせない。都市ではほかの地域より人口が多く、より貧しい。貧困を探してフランスをめぐれば、状況の現実的な多様性があることが明らかになる。しかし量と程度において、問題がはっきりしているのは、とくに大都市の中心部とそれにもっとも近い郊外であることもわかる。

大都市は人口が多く、貧困層も多い

　フランスの貧困層の3分の2が大都市圏の中心部に集中し、都市圏全体では85％にのぼる。割合がとびぬけて小さいのは都市周辺部である。下位都市エリアや外縁部では、割合が中程度で絶対数は少なく、拡散した空間における彼らの衰退が独自の関心に値するとはいえ、問題が先鋭化しているのはこの地区でないことがわかる。

　貧困が、国の開発に失敗した地域にあるとする考えは、完全に誤りである。もっとも貧困が多いのは大都会メトロポールであり、それは3つの、それぞれはっきり異なる理由による。まず彼らはほとんど資格が要求されない職業についている大衆だが、大都市圏はそのような仕事に事欠かない。また彼らは、大都市が提供する自己変革の機会を利用したいと考えている。そして彼らは、貧しい人々を社会的に排除しないための資金提供を大都市に対して拒否している国の再配分システムから、とくに冷たくあしらわれている。メトロポールの非常に高い生産性によって保証されていいはずなのだが、中央集権的で、状況の違いを考慮しない税制がそれを拒否しているのだ。要するにメトロポールは、ほかの地域よりきつい貧困をかかえていながら、それを手当する手段をもっていない。

パリとその庶民

　パリには中産階級化を進めるブルジョワ（アンヌ・クレルヴァル［フランスの地理学者］、2013年）と、カトリック教徒のゾンビ［脱キリスト教化しているものの、カトリックの文化的伝統を背景にもつ人々］（エマニュエル・トッド［1951年生まれ、フランスの歴史人口学者・家族人類学者］、2015年）しかいなくなり、パリだけでなくイル＝ド＝フランス全体か

貧困の度合

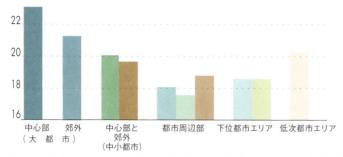

貧困の度合＝貧困者の生活水準の中央値と貧困分岐点［全体の中央値の60％］との偏差

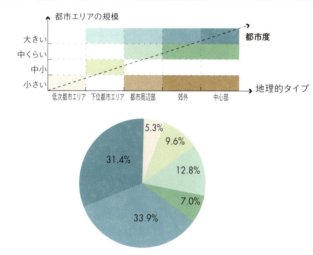

貧困＝国民の所得の中央値の60％以下
フランスの貧困者　約886万2000人

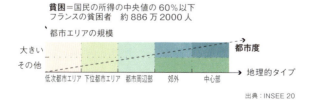

出典：INSEE 20

らも「庶民」がいなくなったほどだという人々がいる。だがいずれにせよ、パリ市内にはフランスのすべての低次都市エリア（国立統計経済研究所による「僻地コミューン」）と同じくらいの貧しい人々がいる。地図で見るように、イル＝ド＝フランスで貧困がもっとも高い集中率を示しているのは、北部の労働者の多

フランスにおける貧困

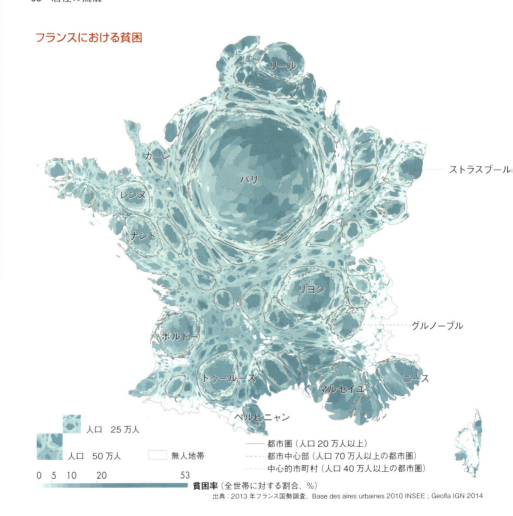

い郊外と、もう少し規模は小さいが、都市圏の南部だが、パリ北東部にある区は、それに隣りあう郊外と同じレベルである。パリの貧困率は、全体として、全国平均より高く、西側の区においてさえ、フランス国内の都市周辺部のどこよりも高い。そのうえ、図に見るように、貧しい人々の平均所得から見る貧困の度合は、大都市においてほかの地域より高い。さらに

このデータは、土地の値段からくる生活費のような加重要因を考慮に入れていない。それは住居だけの問題でなく、あらゆる物資やサービスにかかわっている。それらの生産者は工場、倉庫、商店、カフェ・テラスなど必要な土地を、代価を支払って手に入れなければならないからだ。イル゠ド゠フランスの住民の消費格差は、フランスの平均より約20％増し

と推計できる。もし、不動産の影響に応じて所得の地域中間値を差別化して、伝統的な貧困率の定義をもちいるなら（所得中央値の60％）、大都市の貧困レベルはさらに高くなるだろう。

西部はあまり分裂していない社会

地域による違いをより正確に見るなら、貧困はあらゆるところに、そして多くは深刻な状況にあるが、カーンとペルピニャンを結んだ縦線より西側はそれをかなりのがれているのがわかるだろう。その線は、1850年から1950年のあいだに工業化されたフランスと、産業革命にあまり関係がなかったフランスとを大きく分けている。前者には、貧困の割合が多い地中海沿岸もくわえるべきだろう。「社会問題」に貧困者で取り組むこと、すなわちそれを労働界から切り離して見ることは、いままであまりなかったが、それがまた無視することができない地理を見せてくれる。適切な公共政策は、富の大半が生まれるところは貧困が関係するところでもあることを考慮しなければならないだろう。だがまた、このパラドックスは、単純化の萌芽をふくんでいるともいえる。もしメトロポールがメトロポールとして実際に介入する手段をもっていたら、そこで暮らす人々は、よりよく市民としての役割を演ずることができるだろう。

医療、先入観を超えて

　　　地域圏保険庁（ARS）のおかげで、フランスの医療地図は数十年前から［ARSは2010年に7つの機関を統合した名称］、再構成を進めてきた。大規模のケアセンターが開設され、小規模の組織は閉鎖された。それと同時に、業務の地を自由に選べるようになった一般内科医(メトサンジェネラリスト)は、徐々により人口の多い地域で開業するようになった。この二重の動きの結果、「医療過疎地」が生まれ、フランスを苦しめることとなったといわれる。

医療過疎地？

　この表現は非常にネガティヴだが、医療過疎地があるどうかということより、まだ住民のいる地域にそれがないかを知ることが問題だ。人口状況は固定しているものではないので、医療の網の変化を、すでに失効した人口解読用グリルをとおして見るのはまちがいである。しかし従来の地図で見るのに慣れている目には、医療構造が広い範囲で脆弱になっているのは明らかだと思われるだろう。

一般内科医はむしろ適切に配分されている

　個人の医院が、都市圏外からより中心に近い市町村に向かって活動の場を移動させているという現実と、人口の少ない地域から単純に医師がいなくなったというまちがった説明とのあいだにあるとり違いが、広く受けとめられている。実際には、地方の医師たちは、まさに、その地域の中心であるより人口の多い市町村（p.72-75参照）へ戻っているのだ。だから、密度に関心をもって見れば、都市地域外の小さな市町村では、住民1000人に対する一般内科医の密度がパリの街の3倍だということがわかるだろう。パリの住民にとって、困難なのはもはやそこへ行く時間ではなく、主治医を見つけること、そしてできれば保険がきく［保険医協定に加入している］医師を見つけることである。たしかに、フランス人の一部にとって、診療所に行くための時間がかかるようになったのは否定できないが、そのかわりに、医師が徐々に集中していることは、診療のネットワーク全体によい影響をあたえている。いまや、一般内科医のすぐそばに専門医がいて、緊急の場合の医療施設がある。医療の質という面では、保険行政が責任を負うが、一般内科医がより都市度の高い場所へ一様に移動することに、ネガティブな影響だけを見るのは公平でない。一方で、これは人口の全体の動きに呼応しているの

カルトグラムで見る医療過疎地

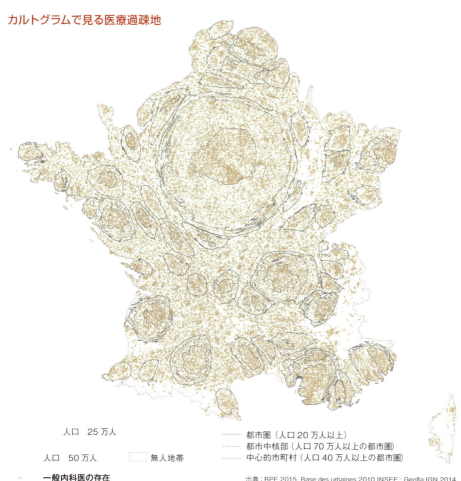

人口 25万人

人口 50万人 　　　無人地帯

・　**一般内科医の存在**

―― 都市圏（人口20万人以上）
---- 都市中核部（人口70万人以上の都市圏）
‥‥ 中心的市町村（人口40万人以上の都市圏）

出典：BPE 2015, Base des urbaines 2010 INSEE ; Geofla IGN 2014

だし、他方で医療の全体的な質を落とすものではない。

効率のよい病院分布

　病院分布図の再編成は、広い抗議運動をひき起こしたし、いまもひき起こしつづけている。医療センターの存在は、直接ケアの質に関係するが、それだけでなくかなりの雇用を提供するので、それぞれの市町村はその恩恵を受けたい、あるいは失いたくない。だが問題をとり違えないようにしよう。施設が一個所に集中すれば、必要度の高い高額な設備を購入することが可能になる。また医療行為のすべてを常時実施することが可能になり、それは現行の研究によると、よりよい医療を保証するものだ。さらには、同じ施設で広い範囲のサービスを提供できるた

従来の地図で見る医療過疎地

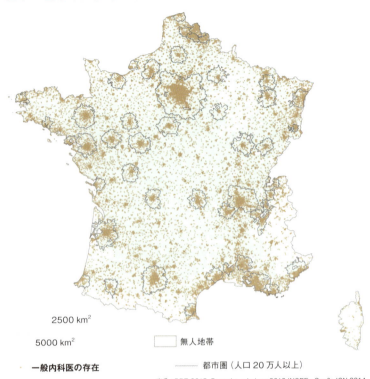

2500 km²
5000 km²
一般内科医の存在
無人地帯
都市圏（人口20万人以上）

出典：BPE 2015, Base des urbaines 2010 INSEE ; Geofla IGN 2014

め、異なる医療施設間での患者の移送を減らすことができる。現行の病院の専門性の高いサービスのメリットは、患者を診るのに単独の病理学に限定してしまう危険がある、という反論によってまだ疑問視されている。しかし、この高度の専門化だけが、もっとも重大なケースに応えることができるのだ。病院分布再編成のあと、フランスは住民1000人に対して6.2床（OECD 2014）を有し、世界で11位となった。ドイツの8.2に近く、スペインの3.0やイギリスの2.7よりずっと多い。

医療施設までの距離と時間

2007年、大統領に選出されたフランソワ・オランドは、救急医療サービスに到着するまでに30分以上かかる人をなくすプロジェクトにのりだす。しかしながら、時間について、現行の研究では、世界的レベルでのコンセンサスが得られなかった。現在いちばんよく使われているのは、マンチェスター・トリアージシステムの表で、最初は病理学的重大さに

よって患者の方向づけをする目的で考案され、それから救急医療サービスに広がったものだが、これは10分か60分かで段階を設けていない。したがって、30分以内での救急医療センターへのアクセスは、すでにフランス人の大部分にとって現実となっていて、その方式がフランスだけでなく、スペインやカナダでも採用されているとはいえ、この距離と時間の範囲の設定には議論の余地が残っている。

フランスの空間における都市度

フランスを構成しているさまざまな場所を区別しているのはなにか。それには多くのものがあり、程度の差はある。ここでは基本となる骨組みのようなもの、要点を示す基本図を示した。その上に、より細かい分析が可能だろう。この基本的なイメージは、多少なりとも明示的に、フランスの空間を構成している大小の行為者たちの計器盤として役立つだろう。

都市エリアの群島

ヨーロッパの農村世界全体と同様、産業化前のフランスは、個性のある数多くの小さい地方でできた国だった。1789年に創設された県(デパルトマン)はおおむね、アンシャンレジーム時代の地方(プロヴァンス)の区分を引きついだもので、1世紀のあいだ、もっと小さい規模ではあるが現在の地域圏(レジオン)と同じような役割をしていた。ものごとの速度がもっと遅かったからだ。小さな農村に囲まれて、それに依存する首都があり、そこに地方分権的あるいは地方分散的な行政機関があった。産業化の最初の段階は、この形態を根本的に変えることはなく、炭鉱地帯、重工業、港という空間と大都市の発展の端緒を追加した。

1世紀のち、風景は激変した。フランスは、それに結びついた農村に囲まれた都市エリアの群島となり、そこには2つの基準、都市エリアの人口規模とそのなかにおける位置に応じて非常によく似た現象が起こった。この現象がどれほど多くの意味をふくんだものかは、前の地図ですでに見たし、続く地図でも見るところである。グルノーブルの中心部にいても、レンヌでと非常によく似た社会集団、生産組織、生活様式に出会うことになる。トゥールの都市周辺部に行っても、モンペリエの周辺部とほとんど変わらない。相違といえば、古くから受け継がれたものがわずかに残っているだけで、新たに作り出された違いは、政治傾向に関係している。ブルターニュはプロヴァンスに比べて、極右に票を投じることが少ないが、ブルターニュでもプロヴァンスと同様、ほんのわずかな例外を除いて、中心部から遠ざかると、極右が強くなる。それらは同色の微妙な差でしかないとまではいえなくても、すくなくとも同種の変形である。というのも、基本的要素は都市度にかかっていて、それが組織の第一の力、フランス空間の第一の計器盤とな

人口密度と多様性

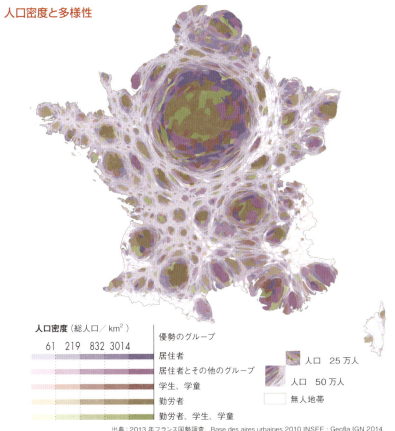

出典：2013 年フランス国勢調査、Base des aires urbaines 2010 INSEE ; Geofla IGN 2014

っているからだ。最初の地図は、INSEEの区分をベースにした都市度を表している。中心部や郊外と市街化された地域の連続性や、家と職場間の移動の頻度が、周辺部を都市部につないでいる。下位都市エリア（多極的市町村［住民の職場が複数の都市エリアにある］）と低次都市エリア（孤立した市町村）は、さらに遠い田園地帯と都市との近接関係を規定している。

都市性＝人口密度＋多様性

ここでは国勢調査のデータを使って、都市度の概念に、より正確な意味をあたえてみた。都市度は人口密度と多様性の組みあわせと考えることができる。密度については、人の集中レベルだけでなく、建物、人の流れ、サービス、さらには考えも理解しなければならない。住民については、そこに自宅があって時間をすごす人々だけでなく、人口の実態を考慮するのが有効だ。そこで、わたしたちは係

都市度

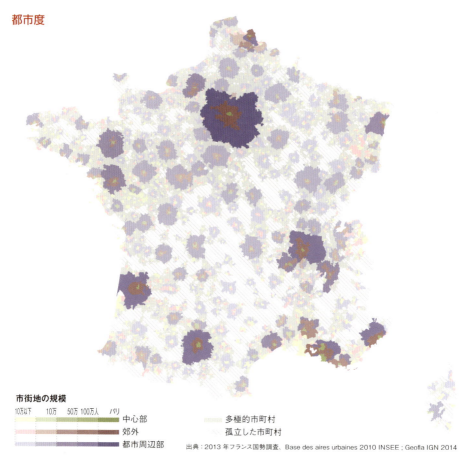

市街地の規模

10万以下　10万　50万　100万人　パリ
　　　　　　　　　　　　　　　中心部　　　多極的市町村
　　　　　　　　　　　　　　　郊外　　　　孤立した市町村
　　　　　　　　　　　　　　　都市周辺部

出典：2013年フランス国勢調査、Base des aires urbaines 2010 INSEE ; Geofla IGN 2014

数を使って、住民に勤労者や生徒、学生をつけくわえた。多様性にかんしては、住民の多様性、とりわけ社会経済的ミクシテ（p.60参照）、また職業の多様性など、ある土地を特徴づける不均一性と混合の要素をすべて考慮しなければならないだろう。同じデータによって、単純化した方法で、さまざまな活動が共存していることもクローズアップできた。ほかのデータベースから得たものであっても、結果は先の区分を十分に確証する。都市度が低いことは、単純に密度が低いことと同時にそこには住宅しかない、ということで特徴づけられる。中心地に集まる人々は給与所得者の割合が多く、地区によって職場と学校と住居のバランスの異なるバリエーションが観察される。

都市のタイプ

　この尺度には欠陥が残る、なぜなら、買い物、余暇、文化といった住民のその他の活動についての情報を欠いているか

らだが、それらは一日のうちの多くの時間を占め、移動の動機ともなっている。しかし、これによってその都市のタイプがわかる。クレルモン＝フェランはサービス業と工業の都市であることで、学生の都市であるポワティエと違う特徴をもつ。ニースやモンペリエやアンジェでは、おもな住宅地区がほかの機能と混じりあって、旧市街に入りこんでいる。危機に瀕している北部とロレーヌ地方の工業地帯では、住宅がおもになっているが、それは商業やサービス業が立ちいかなくなっているからである。それぞれの地区の多様性という観点から市街地を見ると、細かい見方ができる。完全な都市化が達成された（都市社会に入った）世界においては、都市性をよりよく特徴づけるのは、それぞれの場所とその周囲との相対的な地位関係である。

自由と制約の空間

　居住の場所について、暮らし方について、フランス人に皆同じ選択の自由があるわけではない。その決定要因は所得のようだが、社会住宅［低所得者向けの公共住宅］の存在、あるいは土地の値段のほかさまざまな判断基準も考慮に入れなければならない。とりわけ学歴によって測定される文化資本が重要である。なぜならそれは都市環境と移動性にかんして、個人の意識に影響するからだ。

制限する経済資本

　そのような格差の最初の要素は所得である、それを土地の値段、さらには間接的に家賃や生活費に関連させればなおさらだ。「制限のある」といわれる人々についての研究は豊富にある。それでも、各自の空間性はだれにでも影響をおよぼすので、選択することができ、かつ選択しなければならない人々に関心を向けることが重要だ。彼らにとっては、文化資本が決定的要素のように見える。それは恵まれた人々を、都市度の高い場所を好む方向へ向かわせるが、そこでは公共財産と他者との関係が奨励され、動きのある暮らしを作り出す能力が維持され、そのなかでは彼らが主役で、社会の変化を考慮することが容易になる。こうした人々の主要な特質は、適応力と相違を十分に利用する能力であり、彼らの文化資産をより豊かに発展させるものである。

　経済資本は、住居や都市環境の選択のみならず、そのような環境での暮らし方の選択を制限する第1の要素である（p.56参照）。もっとも制限のある人々というのは、社会住宅に住むしかなく、最終的に非常にかぎられた選択しかできない。しかも、彼らのために提案された都市環境に対して影響力をもつわけでもない。各地方自治体に団地の20％を社会住宅に提供することを義務づけた2000年の「都市の連帯の再生に関する法（loi SRU）」があっても、待機者のリストは長いのだ。社会住宅の大半は大都市圏に位置するので、都市は大きな不公平をふくみもっているだけではなく、生み出すものでさえあるという見解がよくある。だがそれどころか、都市はもっとも脆弱な人々を受け入れるもっともよい解決法だと考えることもできる。雇用の機会が多いし、より広範な公共のサービスを享受することもできるからだ。彼らが自己戦略のまちがいで大都市の一員となったと考えるのは、個人の知性をあまりに信頼しないことでもある。議員たちは、是が非でも社会住宅の集中化にかかわる挑戦に取り組む必要がある。多様性を優先

自由と制約の空間・77

土地入手の金銭的能力

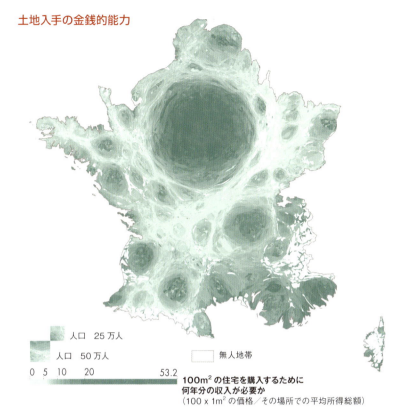

人口 25万人
人口 50万人
無人地帯

0 5 10   20   53.2

**100m² の住宅を購入するために
何年分の収入が必要か**
（100 x 1m² の価格／その場所での平均所得総額）

出典：meilleursagents.com ; Filosofi INSEE 2012. Contours...Iris et Geofla IGN 2014

した公共政策を展開することによって、ゲットー化は避けなければならない。多様性は都市化の2つの要素のうちの1つである。一律に同じタイプの住居ばかり——ここでは社会住宅のことだが——となった地区を再都市化する必要がある。

経済資本があるとき

　世帯が住居の場所を選べるのに十分な所得をもっているとき、複雑な判断に、望ましい環境のタイプや好ましい近隣のタイプ（隣人を選ぶか選ばないか）が混じり、「都会好き」の人々と「都会嫌い」さらには「反都会」の人々を分ける。こうした要素に、自宅と職場間の移動にかけられる時間や家族の近くにいたい、あるいはいたくないという願望がくわわる（p.44参照）。

　世帯が居住の態様や住居の場所を選ぶことができたり、選ばなければならなかったりするときにも、社会住宅団地の場合に語られるのと同様に、多様性がなくなる危険がある。高所得の住民が住み、仲間内の関係を結んでいる高級住宅街は

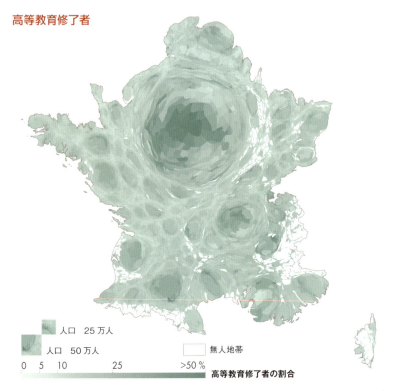

高等教育修了者

人口 25 万人
人口 50 万人
無人地帯
0 5 10 25 >50 %
高等教育修了者の割合

出典：2013 年フランス国勢調査、Base des aires urbaines INSEE ; Geofla IGN 2014

「城塞（シタデル）」とよばれる（ピーター・マルクーゼ［1943年生まれ、ドイツ系のアメリカの弁護士で都市計画の教授］、1997年）。やっと見つけた天国は、よけいな人々が大勢やってくることで損なわれてはならない、というわけだ。街中に住むか、それとも都市周辺部に住むことを選ぶかのあいだで、われわれは社会全体に開かれた利益と、排他性が優先する「結社」の利益とのあいだの選択も行なっている。

所有は束縛となる？

たとえ実際に信念を実行することはむずかしいとしても、土地家屋を所有することはある意味「居住地拘束処分」のようなものなので、この所有権の取得が、非常に雇用状況が悪い地域の、職業的に脆弱な状況にある世帯による場合、深刻な影響をもたらす可能性がある。そのことは彼らの状態に安定した改善をもたらさないうえに、自分が主役であるよい未来を予想できなくする。所有することによって、彼らは自分ではどうすることもできない経済状況に完全に依存することになってしまう。たしかに、トゥールーズのような経済的発展の例は、彼ら

の地域の雇用状況が現在悪いとしても、それが際限なく続くこともないだろうと期待させる。しかし、それは危険な賭けであって、手本になるより悪例となる場合のほうが多いのだ。

文化資産は生活様式の決定要素

学歴の高い人々は、かならずしも経済的資力がある人々というわけではないが、概して大都会での仕事につくことになる。さらに、彼らの職能レベルが、その職業をとおして必要な移動をさせる。そのため教育レベルが上がるほど、他者を拒否することができなくなってくる。結局のところ、長く教育を受けるということは、さまざまな知識を増やすだけでなく、知識をたえず再検討し批判を行なうことによって、適応を要求されることなのだ（ジャン・ピアジェ［1896-1980、スイスの心理学者］、1967年）。このような人々は思いがけない環境も快く受け入れて、それを自分の糧とする。探していないものを見つけることが「セレンディピティ」という言葉の定義であるが、その意味でも、街は個人の発展にとって、それを構成する多くの人と事物によって、そして彼らのさまざまな相違によって、まさに最高の環境といえるだろう。逆に、自動車による移動が優先されるような、完全に予定の決まっている生活様式は、こうした思いがけない発見とは対立する。しかし、文化資本を富ませるのは、部分的にはセレンディピティによるのであり、セレンディピティそれ自体がイノベーションの力強い機動力でもある。

最後に、この分布図を見るときは注意が必要である。実際、文化資本が大都市でのみ生まれるというのではなく、文化資本を得た人々が、もともとどこで学んだかにかかわらず、必然的に都市に移転することになることを告げているのだ。充実した文化資本をもっているという事実は、その意味するところとして、都市環境に非常に敏感であり、地理的に移動することや、一般的な変化に対して柔軟である。このように開放的であることは、社会学的と同時に空間的な差異を生み出す要素であり、社会の推進力の主要な構成要素でもあって、それゆえ政治の課題ともなる。

開発と正義

　この地図は、市町村ごとに、労働力人口のなかの工場労働者［をはじめとする肉体労働者（ブルーカラー）］の割合を示している。この図は、今日、工場労働者はむしろ田園地帯に住んでいることを示している。なんというパラドックスだろう！　これはもちろん割合の問題であって、絶対値においては、工場労働者の大半は大都市の郊外に住んでいる。しかしながら、客観的状況は決定的である。産業界の大集中に続いて、都市からさらには都市圏からさえ離れたところほど、工場労働者の割合が多くなっているのだ。

　この変化をどう説明すべきだろうか？　いくつもの力学が考えられるが、まずはこれが新しいばかりではないといえる。西部内陸部の農地が集中している地域には、拡散していてほとんど目立たないが、久しく前から力強い製造業、とりわけ農産物加工業があり、どれも中小規模の企業で、女性の低賃金雇用が大部分を占めている。またより広く、古くからの伝統的な産業がある中小の都市を多くかかえる地域でも同様である。

　1960年代からは、これにパリの工業の地方分散がくわわり、その少し後には、メトロポールが一斉に脱工業化するという事情がくわわった。また、この地図が人口をその住居で計測していることからして、金銭的にもっともゆとりのある労働者たちの一部が、郊外から都市周辺部への転居を選んでいるという動きもくわえるべきだろう。それと同時に、土地の値段の安さから、もっとも財政の苦しい労働者たちは、さらに都市から離れたところで、ややましな生活条件を見出している。

レンヌ

ナント

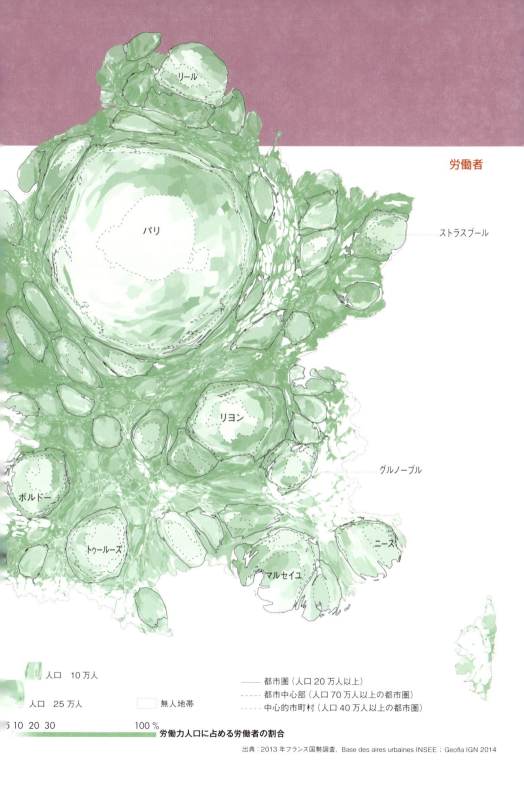

それぞれのグループに地理学がある

　労働者［ここでは工場労働者等をはじめとする肉体労働者］、農業従事者、従業員[ブルーカラー]［ここではサービス業務員や事務職員として雇われている人々］は、所得によって、職業的に制約が多いことによって、あるいはその両方によって、もっとももたざる社会的グループであり、地理的に統一されたイメージがない。工場労働者、さらに農業従事者はとりわけ、大都市から離れたところに位置していて、かつては構造的だった農産工業の空間の存在を思い出させる。他方で従業員は、全国に広がり強国な、いわば結合組織を形成している。

農村性の終焉

　農業従事者の分布図を見ると、農村部というものの終焉がわかる。農業が重要な産業であるような地域もふくみ、いたるところで、農業従事者は労働力人口のなかで極端に少数派となっている。収入の3分の2以上がEUの共通農業政策（CAP）と国の援助からきているという、どっぷりと管理下にある性格が、ますます彼らを圧迫している。生産の中心にあった数百年をへて、このグループを特徴づけるのは、経済的、空間的な二重の周辺性である。

　農業従事者の住居地の分布図が、都市度の低い空間に描かれることは意外ではないが、そのなかにも微妙なニュアンスがある。まずこの図は、農業従事者の近代化の水準を教えてくれる。都市度の低い地域は農業の集約化がもっとも遅れていて収益性が低く、その結果、農業経営者もいれば農業労働者もいる。その一方は、ヨーロッパ穀物生産の一大中心地であるパリ盆地、他方は小規模牧畜が中心の中央山地とブルターニュであり、その中間にあるボルドーやブルゴーニュのぶどう栽培は、小規模経営を可能にするのに十分な金銭収益を生んでいる。そして、都市と農業従事者は、人が思うほどあいいれないものではない。農業労働者の場合がまさにそうであるが、ある程度までは農業経営者にも同じことがいえる。

都市エリアの農業従事者

　都市周辺部には農業従事者が多い。土地の半分が農業用となっているイル＝ド＝フランスのように、大都市圏においても周辺部には農耕地があるからで、さらには自分の農地とは別の場所に住む農業従事者もいるからである。そうした事情はメトロポールにおいてさえもみられる

農業従事者

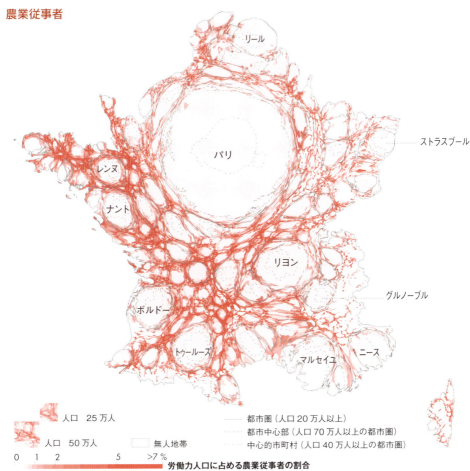

が、都市が中規模あるいは小規模になるにつれて、その傾向が明らかになる。そのような都市圏では、郊外が農業従事者のための重要な住居空間となっているのだ。

　工場労働者と比較して農業従事者は、もしそういう言い方ができるとすれば、密度の低い地域に集中している。労働者は反対に、都市中心部をのぞき全般的に広がっていて、地域によってそれほど異なった数値を示していない。まるで今日の労働者の世界が、19世紀の農業国フランスを受け継いでいるかのようだ。労働者の空間は、衰退しつつある農産工業界のもっとも実質的な部分となっている。

従業員、フランスの空間の基盤

　農業従事者の空間が小さくなっている

従業員

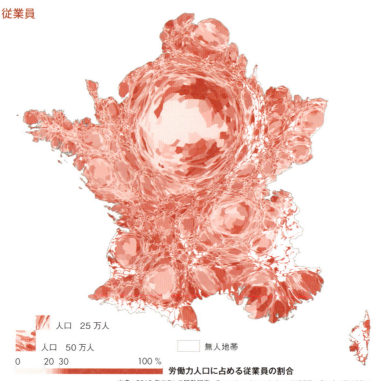

人口 25 万人
人口 50 万人
無人地帯
0 20 30   100 %
労働力人口に占める従業員の割合
出典：2013 年フランス国勢調査、Base des aires urbaines INSEE；Geofla IGN 2014

のに対し、従業員（事務労働者）はいたるところにいる。給与所得者の28％を占める従業員は、おおまかにいってフランスの全体をおおっている。微妙な違いはあるが、労働力人口全体に対する従業員の比率は、フランスの大部分で5分の1から3分の1を占める。彼らは典型的に郊外を形成するが、また中心部や周辺部にも、小さな都市にも、都市と都市とのあいだの空間や下位都市エリア、低次都市エリアにもいる。少ないのは、メトロポールの中心部だけだが、それには3つの理由がある。土地の値段、周辺部が彼らにとって魅力的であること、さらに、従業員の仕事は大都市中心部に多くないことだ。とくにイル＝ド＝フランスでは、こうした従業員の職のほとんどが郊外にある。

この全体に一様であることは、注目に値する。ほかのグループの不均衡がどんなにきわだっていても、すべてを相対化するからだ。これが意味するのは、たとえば地域特有と思われる投票傾向でも、有権者にはかならずかなりの数の従業員がいるということである。同時に従業員を、社会を変化でとらえる社会動学の指

標となるものと考えることもできる。彼らの大半は女性で、給料は平凡であるが、単純なくりかえしか、多少なりとも創造的な活動か、という働く部門によって職業的運命は異なる。また、彼女たちの配偶者も考慮に入れると、労働者の世界の第3次産業版であることもあるし、あるいは逆に中産階級へ近づく最初の歩みであることもある。

裁定のための能力

フランスには、自分の人生の大きな選択において、裁定をくだすための十分な社会資本をもたない人々（貧窮者）もいる。ほかの人々はしなければならないなら、それができる（中間のグループ）。これら2つのグループの位置を見てみると、さまざまな収入のグループが共存している空間と、同質のグループだけの空間との対立が認められる。すべての地域に満遍なく広がった公務員の分布が、バランスをとりもどす役割をしている。

3つの社会グループ

社会は社会関係資本（ソーシャル・キャピタル）を所有しているかどうかによってグループ分けすることができる。この資本の価値をダイナミックに総括するのが裁定の能力であるが、それには金銭的能力（収入、資産）だけでなく、文化的資質（学校教育のレベルやとくに社会環境のなかで生きるのに役に立つ認識能力）、それからこうした資産を管理できるだけの複雑な精神的能力をそなえていることが前提となる。

なかには、その成功した人生とみなすことができるさまざまな局面のあいだで、裁定の必要のない人々もいる。彼らはすべてを手にすることができるからで、これが上位のグループである。逆に、下位のグループは、本質的なことについても比較検討できる立場にない。これに属する人々は、住居や雇用にかんして外部の影響を受けることになる。最後に中間のグループは、人生のさまざまな段階で、戦略的な大きな選択ができるし、しなければならない。位置決定や地位や快適さになどについて、いくつかの期待を犠牲にしながら、自分にとって最重要と思われることを手に入れるために判断するが、これは個人個人で異なる。INSEE［フランス国立統計経済研究所］のスタンダード・カテゴリーを利用して、わたしたちはこれら2つ、中間と下位グループの研究を試みた。かなり内容のとぼしい概数からではあるが、そうした限界にもかかわらず、この比較は明確なメッセージを示した。

地理的位置の3つのタイプ

下位のグループと中間のグループを比べると、3つのケースが見分けられる。少数の大都市の中産階級地区においては、貧窮者がほとんどいなくて、中間と上位のグループが集まっている（上位は統計データから数値化するのがむずかしい）。

中間グループに対する下位グループの割合

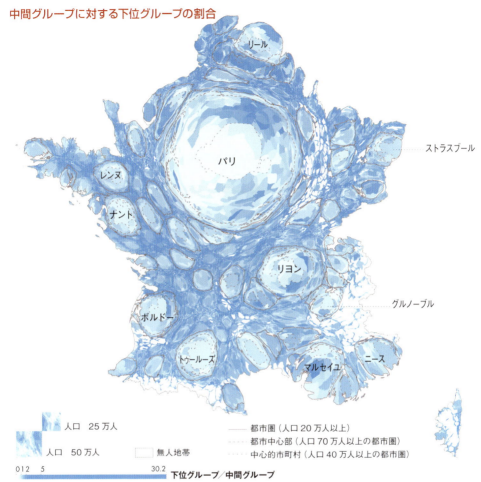

出典：2013年フランス国勢調査、Base des aires urbaines INSEE；Geofla IGN 2014

反対に、小都市や下位都市エリア、低次都市エリアでは、下位グループが優勢で、圧倒的な場合も多い。最後に、大都市の中心地と郊外においては、ミクシテ（混合）状況がみられる。パリは「創造的階級（クリエイティブ・クラス）」が圧倒的に集中している（p.94-97参照）という特徴がある。

メトロポールには豊かな人々だけが集まっているのではまったくない。むしろ反対で（p.64-67参照）、貧しい人々は大都市の中心部と郊外で暮らしている。大都市がほかと異なるのは、中間グループも多くて、それが2つのグループ間のバランスよい結合を可能にしていることだ。逆に、「中間クラス」がほとんどいなくて、空白ができているのは、小都市の郊外である。ここでもまた、都市度が深く関係していて、地域による差は小

公務員

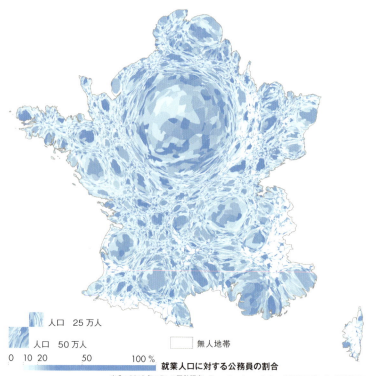

人口 25万人
人口 50万人
無人地帯
0 10 20 50 100 %
就業人口に対する公務員の割合
出典：2013年フランス国勢調査、Base des aires urbaines INSEE ; Geofla IGN 2014

さい。もっとも、一方でブルターニュやバスクの海岸、他方でダンケルク、ミュルーズあるいは北部の旧炭鉱地帯の比較が示すように、観光地域と工業都市では違いがみられる。

再配分政策としての公務員

公務員の分布がこの図をやわらげている。フランスでは、公務員は勤務条件と雇用契約が平均的に私企業より有利であることを特色とする。充実した給与、気前のよい退職年金、終身雇用。公務員の地位は再配分の特殊な形態と考えることができる。たしかに公務員になれるのは、就労人口の4分の1より少し少ない程度の人数だが、国土全体によくちらばっているので、どの地域社会も、そしてほぼどの家族も多少なりともその恩恵を受けている。560万人の給与所得者のうち、3分の1以上、つまり200万人が地方公務員であり、小中学校の教員、郵便局員など、毛細血管のように地方へ入りこんでいる国家公務員と医療機関スタッフにくわえて、めざましい国家の統一性を確

保しているのは彼らである。このようにどこであっても公務員に就職できるチャンスがあることは、下位グループの人々にとって、頼みの綱のようなものと考えることもできる。

そしてある特別なカテゴリーの人々を助けることにとどまらず、フランスの再配分システムの水準を引き上げていることが理解される。分布図は、公務員の地位が社会契約全体にかかわっていることを確認している。

働く空間

就業率は実際に働いている人と働くことが可能な人との比率、就業者と労働可能年齢人口（生産年齢人口、15-64歳の人口）との比率を測るものである。ところで世界を見ると、就業率はかなりさまざまだ。女性の労働市場参入が1つの要因だが、それだけでは説明しきれない。就業率のばらつきと女性の割合は、いくつもの対比の図、ときにはそれらが組みあわさった図を提供する。

南の国でもあり北の国でもあるフランス

ヨーロッパ内でも、就業率は、80％以上のアイスランドから、かろうじて50％を上まわるギリシアまで、国によって異なる。70％以上はすべて北の国々で、それにスイスがくわわる。他方、60％以下の国々はみな南に位置している。全体として、国の発展のレベルと就業率とのあいだに相関関係があるとはいえるが、働くことにかかわる文化的な面も考慮に入れなければならない。フランスはどちらに位置するだろうか？ 64％と、ヨーロッパの平均に近い。この率の場所による差異は何を表しているだろうか？ この差異は、このような変数が内に秘めている複合性を説明するさまざまな状況を明らかにしている。

地中海沿岸フランスの、年金や手当、定年前の退職（不完全雇用）を用いての、労働市場からの早期引退への固執は依然として明白である。だが、北部や東部の危機にある工業地帯でも、まったく似かよった状況がみられる。このように全体的に見て、労働可能年齢人口の一部は、みずからの意志によるにせよ、そうでないにせよ、労働市場から離脱して、福祉国家に重く依存している。

見かけのみの類似

この図を見てわかるもう一つのことはさらに驚くべきだ。大都市でも小都市でも、ほぼすべての都市において、就業率は周辺部より中心部のほうが低いということである。それは、都市の中心部に学生や失業者が集中していることで説明できる。どんな規模の都市エリアにおいても似た状況があるように見えるのは、そのどちらかのグループによる、あるいはそれらが互いに補いあっていることによる結果のようだ。大都市において数値を下げているのは、ある程度は、勉学中の人々である。リヨンやとりわけパリのようなメトロポールでは、中心部が高技能の働き手を惹きつけるので、就業率がふたたび上がり、郊外だけで下がる。その

就業率

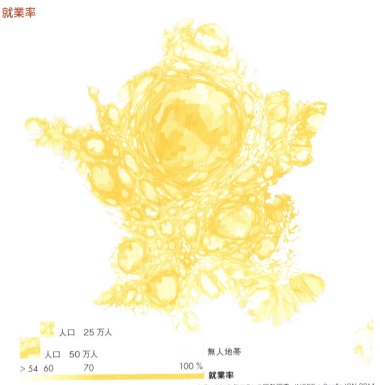

人口　25万人
人口　50万人
無人地帯
>54　60　　70　　　　　100 %
就業率
出典：2013年フランス国勢調査、INSEE；Geofla IGN 2014

他の大都市、レンヌ、ポワティエ、トゥールーズなどでは、「学生の町」現象が極限に達している。他方で、魅力にとぼしく、貧困化が鮮明な小都市で就業率が低いのは、不完全雇用のせいである。住居の倹約をして下位または低次の都市エリアを選んだ勤労者は、都市の外の、労働年齢人口の割合が低い地区に住んでいる。彼らは部分的には、小さな町の中心部で暮らすつましい人々が渡す金銭で生活していることになるが、多くの部分を社会保障（社会的所得移転制度）に頼っている。

女性の雇用は都会にある

　女性の就業の地図は、前の地図とはいちじるしい違いを見せている。大部分の地域で、逆になってさえいる。女性がもっとも働いているのは、都市においてである。都市が大きくなるほど、就業者のなかで女性が優位を占める傾向にあり、そのことがいまや、ほとんどのメトロポールの中心部で起こっている。ここでは、たしかに失業者もふくむ現役の女性全員を考慮に入れたのではあるが、地図に描かれたのは、古くからあったが、1950年代から加速してきた「女性の就業」の

女性就業者

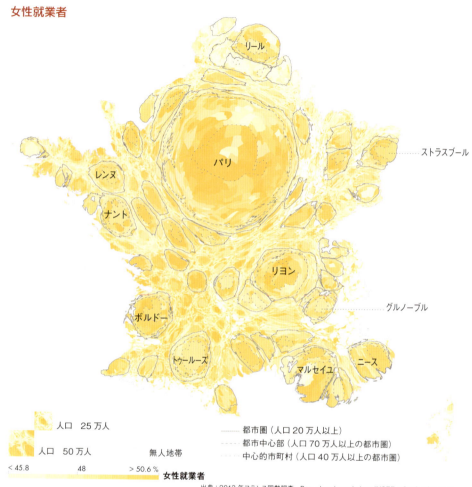

人口 25万人
人口 50万人　　無人地帯
< 45.8　　48　　> 50.6 %
女性就業者

都市圏（人口20万人以上）
都市中心部（人口70万人以上の都市圏）
中心的市町村（人口40万人以上の都市圏）

出典：2013年フランス国勢調査、Base des aires urbaines INSEE ; Geofla IGN 2014

展開過程の地理である。都市エリアのほかの地域と比べて、中心部は事業所だけでなく、かなりの程度で店舗が多いため、それを動かす大量の女性従業員がいるのだ。その意味で、この地図は従業員の分布（p.84参照）に似ている。しかしながら、前の地図と違って、女性の存在は、中間と上級の職が支配的な場所にもみられる。もし、ここ数十年にそうだったように、大都市が全体の動きの前兆となると推測するなら、働く女性の空間は労働力人口一般の空間に近づいて、その特殊性を失うだろうと結論できそうだ。だが、矛盾する２つの変化も考えられる。まず一方で、すぐれた学歴（教育資本）をもつ女性は、大都市の創造的な経済に必要
クリエイティブ

とされるが、他方で、あらゆるところ、とくに小都市で、女性は不平等な給与でパートタイムの仕事につくのを余儀なくされつづけるということである。

創造的経済 (クリエイティブ)

創造性(クリエイティビティ)ということが、だいぶ前から研究されている。最初に「創造的階級」(クリエイティブ・クラス)の属性を述べて理論化したのは、リチャード・フロリダ(2002年)である。「クリエイティブ・クラス」は3つの指標の結合と定義される。才能、技術(テクノロジー)、そして寛容である。フロリダによると、このグループは労働力人口の30%にあたり、付加価値の半分以上を生む。さらに、彼らは共生の発想をもち、移動を好み、文化的で象徴的な資産を獲得することに特有の願望をもつという。

「クリエイティブ・クラス」?

この30%に達するためにフロリダが集めたのは、科学者や自由業の全部だが、そのなかには芸術家、建築家などだけでなくエンジニアもふくまれる。その意図は創造性がどんな職業にも存在しうることを否定することではなく、彼らがもたらす付加価値のなかで、創造性ということにもっとも価値を置いているのはだれかを特定することであった。クリエイターが都市圏に非常に多いということは、都市圏の経済の推進力とも相関関係にあるだろう。

フロリダは創造性の尺度(Creativity Index)だけでなく、彼らの空間的習性の説明を提供した。そこでわたしたちは、創造性にもっとも直接に関係する芸術家と科学者(CSP34と35[フランスの社会階層分類のカテゴリー34と35。教授、科学にかんする職業と情報、芸術、興行にかんする職業])がどこにいるかをカルトグラフに表してみた。関係するのは、あきらかに大都市の中心部である。この地図は、本書の地図がすべてそうであるように、都市のなかでの位置と都市圏の規模を組みあわせた都市度が重要であることを示しているが、創造性がリードしている場所と国のほかの地域とのあいだの社会的分裂の危険も教えてくれている。

個人の論理

クリエイターたちは、3つの基準、才能とテクノロジーを使いこなす能力、そしてなかでも「寛容」という基準を満たしているが、この言葉は他者を受け入れる態度だけでなく、他者と向かいあいたいという願望も言外に意味している。したがって、このような理解を単純な職業的活動のリストに要約することはできない。こうした見解は多様性と、弱いつながりもふくめた多数の連携とで作られるタイプの共生という特徴をもつからである。フランスにおいては、このような人々の分布は、ボボ(「ブルジョワのボヘミアン」)と名づけられた人々の分布に広く一致する。重大な留保は別として。というのもクリエイターのうちかなりの部分が「ブルジョワ」に属さず、とぼし

クリエイティブ・クラス

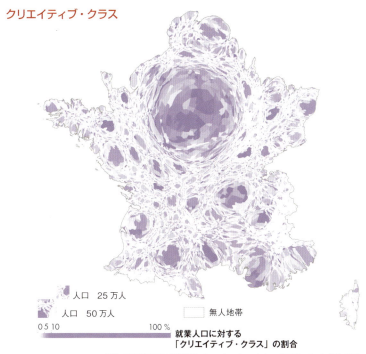

人口 25万人
人口 50万人
無人地帯

0 5 10　　　　100%
就業人口に対する
「クリエイティブ・クラス」の割合

出典：2013年フランス国勢調査、Base des aires urbaines INSEE；Geofla IGN 2014

い収入で、金銭的犠牲をはらって革新的な環境を選んでいる（レヴィ、2015年）からだ。彼らポポ（貧しいボヘミアン）は、ほかの国々と同様フランスでも、メトロポールの中心地を活気づけている社会的グループの大部分を構成している。ボボもポポも多様性を追求し、土地の値段がそれほど上がらないでいる地区で、多様性を生み出すことに寄与している。そうすることで、新たなクリエイターたちがやってくるのに適した雰囲気を作っているのだ。「ボヘミアンの地理」はしたがって、たとえそれがメトロポールの大規模な中産階級化（ジェントリフィケーション）の原因になっているという批判を受けることがあったとしても、多様性を増大させることによる、たゆみない都市化の推進に貢献している。

生産性の高い環境

創造的な活動は、多分野にわたる非常に専門的な知識の全体を必要とするが、メトロポールは多岐にわたる知識を集めており、近辺にある創造的な企業はそこにより有効な手段を見つけている。また「クリエイティブ・クラス」の人々はとくによく移動するので、アクセスが容易な場所を好むが、メトロポールでは、道路、鉄道、航空の公共交通機関を十分に利用できるし、歩くのにもいい。彼らは、固定のものも動くものも、ローカルな場所から世界まで、すべての公共空間のつながりをよく利用している。そうした空

クリエイティブな環境

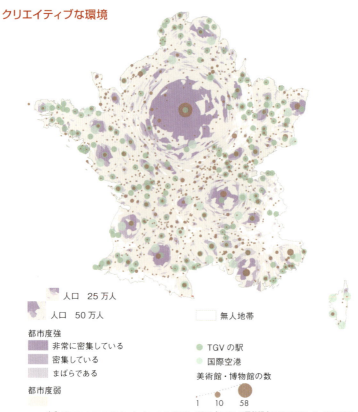

人口 25万人
人口 50万人

都市度強
- 非常に密集している
- 密集している
- まばらである

都市度弱

無人地帯

● TGVの駅
● 国際空港

美術館・博物館の数
1　10　58

出典：Base permanente des équipements 2015、2013年フランス国勢調査 INSEE；Geofla IGN 2014

間もあきらかに創造的環境の部分だからである。

p.95の分布図はクリエイティブな職業をその職場の位置で特定している。そのことで、住居が支配的な地区の比重を過小評価する結果になったと考えることもできるだろう。ところが見てわかるように、とくにパリの中心部東と南側の地区にはそのことはあてはまらない。これは「私的な超中心の仮説（レヴィ、2015年）［都市の中心部にあって、公共空間や他者に対して開放的でありながら、私的である空間。住居であり仕事場であり、余暇の場所でもある］」を確認するものである。創造性は、通常の機能の障壁を超えるのに貢献し、そのような区別に挑戦するところまで行く。10区のカフェは仕事にも余暇にも利用されている。創造性は居住の概念を定義しなおすことに貢献しているのだ。

創造性はなにから養分をとるのか？

高度の文化資本をもつ人々に共通の、「セレンディピティ」への渇望にくわえて、アンリ・ルフェーヴル［1901-1991、フランスの哲学者］の言葉を借りれば、

クリエイターはとりわけ重要な文化的、象徴的資産へのアクセスを必要とする。実際、創造と革新は何もないところからは生まれず、以前からある堅固な基盤の上に形成されなければならない。2枚目の分布図は、クリエイターたちが暮らしている場所が、美術館や博物館の存在、かつ移動を容易にする構造要素の存在、すなわち中心地と重なっていることが確認できる。こうして、クリエイターたちは、豊かなカルチャーライフの欲求を近隣で満足させることができ、公共交通手段を気軽に有効利用して移動することができる。クリエイターたちが多くのメトロポールで、彼らの要求への答えを見つけられることは注目に値する。いまや、彼らをいかによりよい条件で迎えいれるかの競争がはじまっている。

批判はあるが刺激的な考え

批判はまずこの「クリエイティブ・クラス」の構成が、あまりに多様な活動をしているあまりにさまざまな願望をもった人々を、混ぜこぜにもりこんでいることに対して向けられている。たしかに、類型を作り出すことは、いつも個別性をそこなうものである。しかし、大規模な、現象を理解したいときにはそれが役に立つ（リュック・ボルタンスキー［1940年生まれ、フランスの社会学者］、2010年）。また別の面では、クラスという概念が非常に不安定になってしまっているということがある。しかし、この批判は、このような集団の存在についての、多くの証言の信用性を失わせるには足りない。

批判の第2は彼のイデオロギーに対して向けられる。同性愛者の存在に対する寛容度を測るゲイ指数［地域の同性愛者人口比率が高いほど、質の高い住宅地が形成される］は、そこに伝統的な価値観に対する危険を見る保守派のあいだに反発をひき起こした。さらに、フロリダはこの「クリエイティブ・クラス」の存在を支援することを都市にうながすので、新自由主義者［国家によるサービスの縮小と規制緩和による市場経済の重視］とみなされる。なぜなら、そうなると用意された予算が貧困層のためではなくなるからだ。フロリダはこの批判に対し、付加価値が増すことで、とりわけ再配分システムを通じて、間接的にすべての人の利益になる、と答えている。だが、こうした政治的優先順序の議論はクリエイティブ・クラスの問題にかぎったことではない。

そして、都市の活力をひき起こすのはクリエイターの存在であり、とりわけ彼らが興味をもった新しい企業の設立によってであって、逆ではないとするフロリダの主張も批判にさらされた。しかし、数十年前からフランスの都市に観察される活力は、彼の正しさを示しているように見受けられる。

都市の創造性の社会学と経済学は、したがって、急成長中の豊かな研究分野となっている。それはまたクリエイターたちが発展させている新しい市民権や、クリエイティブな環境の出現をうながすことができるような公共政策の問題にもかかわるため、政治の課題でもある。

逆説的なフロー

　　　　国内総生産（GDP）は現在でも、一部のエコノミストをふくみ、経済の健全状態と、国民が達成している生活レベルを測るのに十分な指標と考えられている。だが、国内総生産と世帯収入の完全な相関関係という仮定は、1950年代にはまだ真実と受けとめられただろうが、もはやそうではない。実際、それによれば、一方で、地域間の再配分がかつてないほど積極的に行なわれているのにもかかわらず、まるでそれがないかのように、また他方で、人々が自分の収入を生産に関与したのと同じ場所で消費しているかのように、みなすことになるからだ。

国内総生産の検証

　もし、経済・社会的健全性を知るために、国内総生産だけを注視するなら、住民がそのほかのどの地域圏よりずっとよい生活を、しかもほかの地域圏の犠牲の上でしているのではないかという、イル＝ド＝フランスへの非難を永続させることになる。「周辺部フランス」は国家モデルの犠牲者だと（クリストフ・ギュイ、2014年［1964年生まれ、フランスの地理学者］）というのだ。だが、もしそうなら、イル＝ド＝フランスにおいて、どの地域圏より多い消費があることになるだろう。

　最初の地図は、フランス国内の大規模あるいは一般的なスーパーマーケットの分布状況である。国内総生産への貢献度が大きい地域圏と小さい地域圏で、大きな差は存在しない。反対に、かなりの同質性がみられる。レストランの分布を示す2番目の地図では、さらにあきらかに、南仏のラングドック＝ルシヨンのように国内総生産に貢献する度合が弱い地域圏に、実際にはきわめて多くのレストランが存在することがわかる。全体として、厳密な意味での「空白部分」はないし、そのことはもっとも都市度から遠い地域でも同様だ。人が住んでいることにもっと密接に関係する店やサービスについては、3番目の地図を見ると、理容・美容室と薬局が、国内総生産とかかわりなく、どの地域にも多数あることがわかる。にもかかわらず、もしたえずくりかえされる地域間の競争という言説を維持しようとするなら、競争があるのは、生産についてだけでなく、それ以上に「ほかで生産された富」を横取りする能力についてである（ロラン・ダヴジー、2008年［1952年生まれ、フランスの経済学者］）。

くいちがいの理由

　フランスの経済・社会のレベルを知ろ

住環境の経済——住民に発する資源

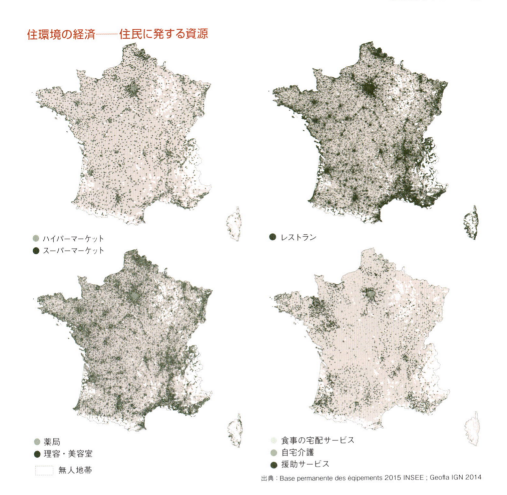

出典：Base permanente des éqipements 2015 INSEE ; Geofla IGN 2014

うとするとき、国内総生産ではなぜ誤ってしまうのかを、２つのメカニズムが教えてくれる。もっとも重要なのは、再配分のメカニズムである。とにかくフランスの公共支出や社会支出が、1950年には国民総生産の28％だったのが、2003年には55.4％と、50年間に（国民総生産に比べて）ほぼ倍になったことを思い出すべきである。再配分のメカニズムがこれほど強力に発動されたことはかつてなかった。結果は表の上にはっきり現れている。イル＝ド＝フランスは国民総生産の30％以上を生産していて、住民１人あたりの平均はほかの地域の倍だが、可処分所得の比率はそれとはまったく異なる。2013年の消費単位ごとの、生活費を考慮に入れない場合の所得中間値は、イル＝ド＝フランスで２万2379ユーロ、その他の地域圏では１万9762ユーロだった。これによって、あきらかに再配分

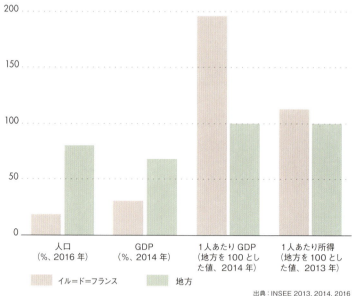

貧しい人々が豊かな人々に支払うとき

人口（％、2016年） / GDP（％、2014年） / 1人あたりGDP（地方を100とした値、2014年） / 1人あたり所得（地方を100とした値、2013年）

イル＝ド＝フランス　地方

出典：INSEE 2013, 2014, 2016

の努力が実を結び、イル＝ド＝フランスとその他の地域との格差が是正されていることがわかるだろう。

「地域間の不平等」を補わなければいけない、という根強い議論は、もはや主張できない。なぜならもう修正ずみだからだ。われわれはそれを喜ぶべきだろう。だが、地域間の再配分は、「地域間の平等」が「個人間の不平等」とひきかえに行なわれるものである。グラフ上で、第1デシル［人口を10等分した最下層］、つまりもっとも貧しい10％の人々を見ると、イル＝ド＝フランスにおける貧困はほかの地域圏より深刻であるうえに、ずっと多い（p.64-67参照）。イル＝ド＝フランスは、もたざる人々をもっとも多く集めていて、彼らは全国の困窮者のなかでもっとも困窮している。国レベルで平等を保証するためにあてられた予算は、イル＝ド＝フランスとほかの地域圏との平等を保証するには不足なのだ。

生産地と消費地の不一致を理解するための第2のメカニズムは、個人の住居の選択にある。今日われわれはますます、移動することが多くなっているが、これからもそうだろう。自宅と職場の距離は、40年間で倍に延び、職場とは別の市町村に住んでいることもよくある。そのためよりいっそう、住居への権利が、時とともに、所有の権利に変わっている（p.40-43参照）。そのことは、都市周辺部の市町村のめざましい発展を見るだけ

でもわかる。したがって、たとえば雇用の数などで生産の場所を比べるより、むしろ住居のある場所を、その住民の収入とそれによって可能になる支出で比べるほうが適切といえる。

この2つのメカニズム——公機関主導による地域間の再配分と個人による所得逃避〔自分の所得が目減りするリスクからの避難〕——が、大都市にとって状況がどんなに憂慮すべきかを示している。もっとも生産の多い地域で、もたざる人々の経済的社会的状況がもっとも厳しいものとなっている。

年金退職者の地理

年金受給者の割合が、2004年フランスの申告所得の23.5％を占めたが、その率は生産的な地域においては、そうでない地域より少ない。これには退職者に十分な資金がありさえすれば住むことができる「海辺」への憧れが、潜在的に一役かっている。高齢者介護サービスの分布でわかるのは、とりわけコート・ダジュール、そして一般に観光地には、そのような支払い能力のある退職者が大勢いることだ。海辺に住む退職者たちはもっとも高収入の年金受給者でもある。このことは、地域間の再配分に関与する事情として、住居の経済学において決して無視できるものではない。

環境問題の矛盾

　フランス社会と自然との関係は複雑で矛盾をふくんでいる。それはとくに、エネルギー部門の政策と、国民の移動性にかんする選択の結果であるが、近年になって、それを修正し緩和するささやかな努力がなされるようになった。地図は問題がいたるところにあることを示していて、そこには公開の討論ではほとんど問題にされないところもふくまれている。

2世紀をまたぐエネルギー

　フランスのエネルギー政策は独特である。2015年には、電力の77％を原子力発電所により（全世界では約10％）、再生可能エネルギーはわずか16％で、まだおもに水力発電である。一次エネルギーの消費では、電力はしかしながら全体の45％以下でしかない。したがって原子力は3分の1強である。原子力についての議論以上に、石油やガスによる電力生産施設や同じエネルギー資源を使う工場、危険な化学製品の工場がフランスの空間に非常に多く存在し、ときには都市圏に密接に入りこんでいることが認められる。交通を支配している石油とその派生物から出る大量の汚染物質も同様である。またガスに関連した火事、爆発、中毒、20世紀の工業界（多くは19世紀からの）の危険が、21世紀にもそのまま残っていて、しかもずっと深刻になっている。環境についての議論では、いつも長期的展望を欠いた争点に集中しているのがみられるが（p.124-127参照）、もっと総合的なアプローチをとれば、このテーマにかんする公共政策のためらいを、本気で懸念することになるだろう。

移動手段、なにもかもに課題

　交通の分野では、1981年からはじまって、2017年に完成した3路線（トゥールとボルドー間、ル・マンとレンヌ間、ニームとモンペリエ間）もふくめ、TGV［フランス新幹線］の2700kmが操業していている。フランスはこの分野において最初、日本に次ぐパイオニアだったが、現在ではアジアやヨーロッパでの最近の成果に比べると、かなりよいほうというだけとなった。フランスはまた1万2000kmの道路網（高速道路と自動車専用道路）をもつが、その半数以上が1981年以降に建設されたものである。したがって、鉄道が道路の埋めあわせをしたとはいえない。放射状幹線とそれを横に結ぶ十分な数の支線をそなえたTGVの一貫した路線網の実現にはまだほど遠い。

エネルギー生産

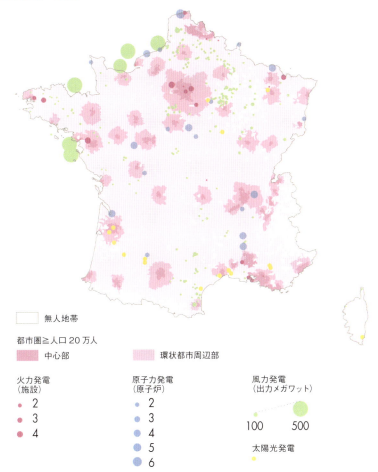

高速道路とTGVでは経済モデルは大きく異なる、というのも、営業権をもつ業者に対して国が認めている契約の寛大さにもかかわらず、ドライバーたちは高速道路にかなりの分担金を支払うことに同意している。いえるのは、フランス社会が全体としてあきらかに、長距離について、短距離ではなおさら、鉄道を優先とする選択をしていないということである。温室効果ガスの排出については、フランスでは交通によるものが28％（CO_2だけを見れば3分の1）を占めているが、そのうち94％が道路交通、さらにその半分以上が自家用車による。それにくわえて、呼吸器官に危険な害をもたらす微小粒子の排出は、ディーゼル車からが15％である。

公共交通

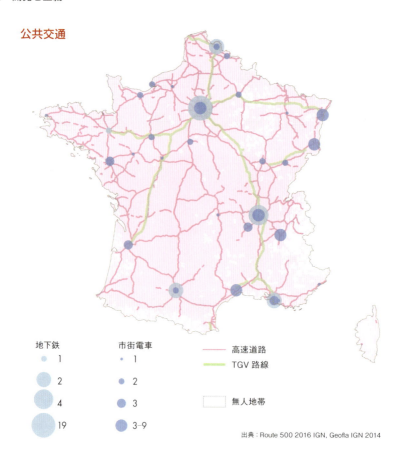

地下鉄
- 1
- 2
- 4
- 19

市街電車
- 1
- 2
- 3
- 3–9

― 高速道路
― TGV 路線

☐ 無人地帯

出典：Route 500 2016 IGN, Geofla IGN 2014

さらにすべき選択

　移動手段の問題は、もっと一般的にライフスタイルの議論にとりいれられるべきである。自動車の比重は、実際、住居の選択によるところが大きい。都市度の高い地域では、公共交通手段と徒歩の割合が非常に高いが、都市周辺部では反対だ。住居地の拡張は、通行と駐車の両方で道路の面積を増やすという点で、環境問題に直接の影響をあたえている。道路では地面が水を吸収しないので、洪水の危険も高まる。

　農業もまたこの問題の利害関係人である。気候を脅かす汚染ガスを、全体の約19％排出する第2の産業部門なのだ。微小粒子の排出では約20％に上る。またとくに生物多様性にかんして、重要な問題がある。1万年以上前の誕生のときから、農業の原理は有益な種の植物を選んで、ほかの種を排除することだった。農業従事者（われわれが新石器時代人から受け継いだ、生産的であると同時に捕食

生物多様性の保護

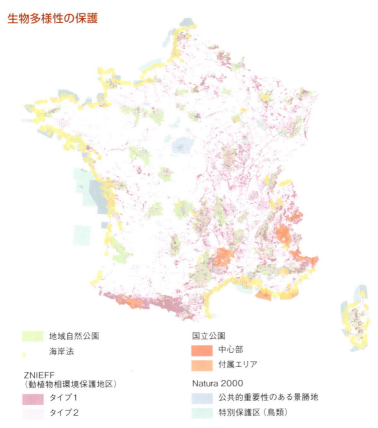

凡例:
- 地域自然公園
- 海岸法
- ZNIEFF（動植物相環境保護地区）
  - タイプ1
  - タイプ2
- 国立公園
  - 中心部
  - 付属エリア
- Natura 2000
  - 公共的重要性のある景勝地
  - 特別保護区（鳥類）

出典：Inventaire national du patrimoine naturel（フランス全国自然遺産目録［INPN］）、Geofla IGN 2015

的である混合論理を展開してきた）と漁業従事者と狩猟家（新石器時代に典型的な採取という性質をもつ）は、今日のヨーロッパの方針（Natura 2000［EUの生物保護区のネットワーク］）と国の態勢（国立公園、地域の自然公園、Znieff［動植物相環境保護区］、海岸法）にもっとも断固として抵抗する勢力の1つとなっている。

混乱ぶくみの国土改革

前任者によって2010年に実施された最初の地方公共団体の改革に続いて、フランソワ・オランドの大統領任期（2012年から2017年）は、2014年から2015年に採決された数多くの法律によって準備された、多くの改革実行の時期となった。内容は、議員の公職兼任の大部分の禁止、「地方公共団体合併」地図の完成、15のメトロポール［地方公共活動の近代化のため、大都市に新しい自治権限をあたえるもの。2018年1月1日現在で22］指定、軽微な権限の変更をともなう新たな地方区分、共同体合併の奨励、小郡（カントン）の再分割である。

改革の問題点

フランス政府によって2014年から2015年に行なわれた地域圏改革は、矛盾をふくんだいくつかの性格をもっている。

第1に、官僚的トップダウンで、現在政治空間のすべての変革に必須の当事者、つまり住民とともに進めるという側面を無視していた。客観的資源と主観的資源との複雑な均衡（p.114-117参照）を、規模という機械的な基準に置き換えてしまった。だが、近隣諸国と同様フランス社会は、町の大小や、産業地域か観光地域かで、またさまざまな文化や歴史によって区分されるのだ。メトロポール・デュ・グラン・パリ［パリと小さな王冠（プティット・クーロンヌ）とよばれる3県とその他の一部コミューンをふくむ。人口約700万人］を指定することによって、イル＝ド＝フランス内に新しい階層が作られたが、それは同じ地域の500万人の住民［大きな王冠（グランド・クーロンヌ）とよばれるイル＝ド＝フランス地域圏内の残りの4県］を都市エリアから脇にのけることだった。地域圏（レジオン）を強化し、同じ地域の都市管理体制に変換することもできたはずだ。まるでしてはならないことの風刺画のようである。

第2の誤りは、地域圏（レジオン）という大きな区分をローカルという小さな区分に優先させたことにある。ローカルな空間は居住の態様（住宅、仕事、教育、消費活動、余暇、移動）を描き、それがフランス人の日常生活の地理的側面を構成しているのだ。

このプロセスの批判すべきほかの点は、管轄を決める前に境界線を引いたことだった。地域圏がなんの役に立ち、社会がそれにどんな役割をあたえるかがわからないのに、いったいどうすれば一貫した区分が可能だろうか？

最後に、政府が当初の約束と反対に、県の審議会の廃止を拒否してしまったことがある。この逆行的な機関は、生きて

地方自治体とその合併

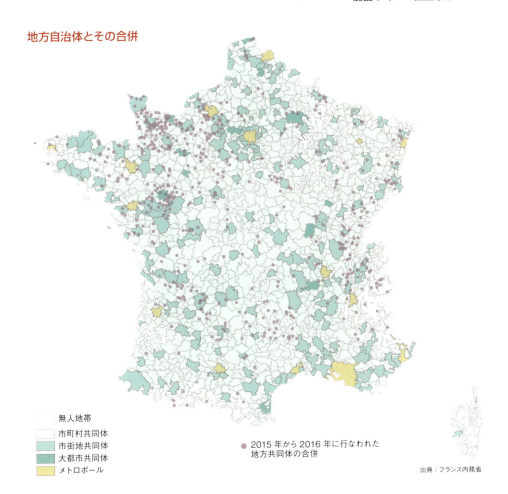

凡例:
- 無人地帯
- 市町村共同体
- 市街地共同体
- 大都市共同体
- メトロポール
- ● 2015年から2016年に行なわれた地方共同体の合併

出典：フランス内務省

いる人々と死者、住民と面積、連帯と主従関係を混同している。フランスにおける権力の構造をもう少し不明瞭でなく、つまりもう少し不当でなくできるチャンスだったのに。まだいましばらく待たなければならないことになった。

いくつかの新しい地域圏には意味がある

たしかにこの改革は逆説的な状況のなかで生まれた。というのも、執行部は非常に不人気だったにもかかわらず、この大胆な実戦に着手したからだ。結果的に3つの点において、まったく否定的なものではなかった。まず、将来の展開を容易にするような変化があったことだ。この変化は、リヨン（ローヌ＝アルプ＋オーヴェルニュ）、オキシタン＝ラングドック（ミディ＝ピレネー＋ラングドック＝ルシヨン）、あるいはヌーヴェル＝ア

2016年1月1日以前と以後の地域圏

地域圏の境界線
── 新   ── 変更なし   ── 旧

キテーヌ（アキテーヌ＋ポワトー＝シャラント＋リムーザン）のような意味のある空間の構成も可能にした。集中化の一環として、関係する当事者間に、すくなくともまっとうな提案があったのだ。その上、この改革は大筋において国民による同意を得ていた。だから今後の政権担当者には、改革をこばもうとしたのが、市民ではなくむしろ議員のほうであったことがわかることになる。そして最後に、地域圏のような国家の下位政体は、地方自治体相互（つまりローカルな空間）と地域圏という、2つ、そしてこの2つのレベルについてのみ組織されなければならないという考えが拡大しつづけて、ほぼ政治の場での合意事項となったことだ。

結果は後になって現れる

こうした問題点やすぐれた点とは別に、この改革はその結果によって評価されるべきである。コミューン相互の関係は以後、すくなくとも住民1万5000人をおおう、全体の網となっている。これはおそらく有意義な変化といえるだろう。というのも、これはコミューンに替わって適法な段階として新たに描きなおされた

ローカルという層の出現を容易にするだろうからである。このことは、その指導者たちが普通選挙で選ばれるわけではないかぎりは、デモクラシーの問題を生じさせる。さらに、ローカル空間の問題が議論される政治の場がなければ、このさまざまな改革は的をはずすことになるだろう。反対に、行為者に新しいチャンスを自分のものとする能力があれば、当初想像されていたより先へ、改革をおしすすめることができる。ペイ・バスク［ピレネー＝ザトランティック県のフランス領バスク］が、バイヨンヌの都市エリアを超える規模の都市圏共同体［communauté de l'agglomération］を形成したケースは１つの事件といえる。同様に、アヌシー地方自治体(コミューン)と都市圏共同体の同時拡大［2017年１月から近隣の５市町村を合併し都市圏共同体となる］も、地域圏の均衡に変化を起こした。

ローカルから出発する

　現代の問題点につきあわせると、2014年から2015年にかけてフランス政府が行なった国土改革は、十分に守備一貫していたとは思われない。そこでコロス研究所は、空間とその住民は分割できないと考えることによる、代替案の概要を提案しようと思う。アプローチの第1段階は、今日地元空間（ローカル・スペース）とでもよべそうなものを考慮することにあった。

客観的資源と主観的資源

　この試みは2つの基準、客観的資源と主観的資源の両方を満たすことをねらいとした。客観的資源は次の3つの要素に基礎を置く。クリエイティブな社会の発展の鍵であり、ヨーロッパや世界といった、より広域の空間の統合の鍵であるメトロポールの枠組み、メトロポールの論理の伝播を可能にする都市ネットワーク、そしてその他の生産活動である。主観的資源は、記憶や将来の計画をめぐる住民の新旧のアイデンティティに由来するもので、開発モデルに向けての方向づけの重要な条件となるものである。

　現代社会においては、1人1人がある程度まで、自分の地理を決定するので、政治的空間はもっと広範で多様な全体の1要素でしかない。人々は日常生活をとおしてローカルという最初のレベルに近づくことができる。たとえ週末、休暇（バカンス）、労働時間の多様化、在宅勤務により、また余暇や観光と交差しあった仕事上の移動によって、仕事との区別がつきにくくなり、仕事と家のくりかえしによって区切られることが減りつつあるとはいっても、やはり日々は、基本となる時間の区分であることに変わりない。したがって地元空間を、日常生活に必要なさまざまな資源が結びつく、もっとも小さい空間と定義することが可能だろう。日常空間はだれにでも同じというわけではないが、住宅市場、雇用市場、教育市場、商業機構、文化の提供は、かなりまとまりのある空間を描いていて、その境界線は、ほとんどつねに都市中心部における活動の集中と重なっていることが指摘できる。

1000の地元空間

　この方法によって、5750万人、つまりフランス本土の人口の90％を3000人から1200万人という一様でない規模に区分して771の小地域圏（ふるさと圏）とした。こうして800近くの空間が地図上に表され、それぞれが中心をもち、1

地域空間

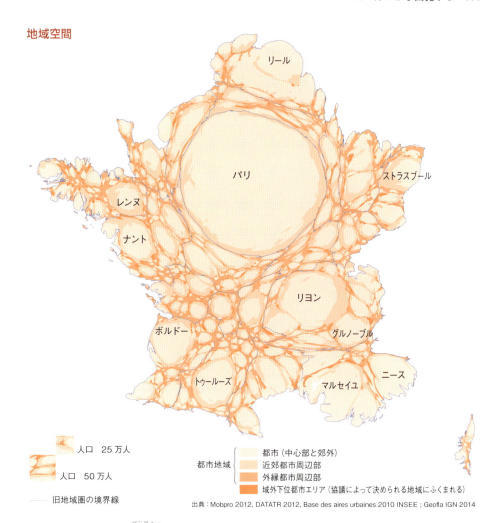

凡例:
- 人口 25万人
- 人口 50万人
- 旧地域圏の境界線

都市地域:
- 都市（中心部と郊外）
- 近郊都市周辺部
- 外縁都市周辺部
- 域外下位都市エリア（協議によって決められる地域にふくまれる）

出典：Mobpro 2012, DATATR 2012, Base des aires urbaines 2010 INSEE ; Geofla IGN 2014

つの中心地、複数の郊外〔バンリュー〕、それをとりまく都市周辺部で構成される。国土の残りの部分では、ことはそれほど簡単ではない、なぜならINSEE（フランス国立統計経済研究所）のデータは雇用の拠点に基礎をおいているので、小さな村の商業の中心地のことはわからない。もっとも都市化されていない地域（下位都市エリアの域外）の住民は、協議のプロセスのあと、どのペイにつくか、あるいは必要なら新しいペイ創設の提案をしなければならないだろう。この点、県〔デパルトマン〕を維持したのはよい解決とは思われない。というのもどの県においても、こうした都市化されていない地域が多数派ではないからだ。「過疎県〔デパルトマン・リュラル〕」という言い方は、したがって言葉の誤用というべきであろう。

フランス東中部における地域空間同士のつながり

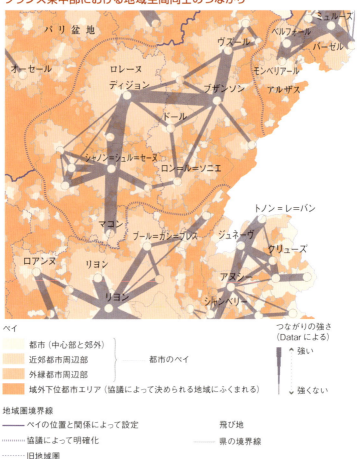

出典：Mobpro 2012, DATAR 2012, Base des aires urbaines 2010 INSEE ; Geofla IGN 2014

ペイのネットワーク

　人口密度の低い地域が、既存のペイに合併されるより、互いに協力するためにまとまることも考えられる。だがそうなると、県の現在の構造からかなり離れた「ネットワークのペイ」ができることになるだろう。そうするとさらに100から200の空間がくわわって、人口3000人以下から1200万人を超える1000の空間がフランスを形づくることになる。実際、このローカル空間を決めるためには、面積による基準を定めるどんな理由もないだろう。イル＝ド＝フランスの住民は、1時間移動すれば、パリの都市圏のほとんどの資源にアクセスすることができるが、オーヴェルニュやピレネーのあまり

都市化されていない地域では、同じ時間移動しても、数千人の人口の街とその活動にしか近づくことができないのだ。日常空間の原則はまた、行政の論理にむりやり一致させることなく、現代における空間の多様性を認めるという利点がある。

わたしたちはこの最初の地図を、これからのプロセスの基盤となるものと考えた。2番目の地図は、フランス東中部に例をとって、ローカル空間同士のあいだに存在する経済的・社会的なつながりを示した。

地域圏の論理
レジオン

　ローカルを短い期間で定義するなら、地域圏には、より長い期間、その住民の生存期間を考えることができる。そうすれば地域圏は、個人の一生における発展に役立つ資源全部がそろっているもっとも小さな空間と定義されるだろう。そうなるとフランスは、規模がそれぞれ違っても、一貫した考え方から生まれる10の地域圏に分けることができる［実際の地域圏は2016年1月1日再編成後で13。p.108地図参照］。

人生の空間としての地域圏

　地域圏は地政学的な国土の下位区分とは一致しないことも可能だ。オランダは地域圏と見做すことができるが、ルクセンブルクは地域圏より小さいと考えられるだろう。原則として、同じ国土のなかでここに地域圏があってそこにはないという可能性も排除してはならないし、住民にも発言権がなければならない。いずれにせよ、地域圏は、それが意味をもつときは、あらかじめ決められた総人口をもっているわけではないということである。たとえば、日本の本州の太平洋側の一部が1つの地域圏を構成していて、東京（関東）、大阪（関西）そして名古屋（東海）という3つの都市エリアだけで、総人口7000万人をふくんでいると考えることもできる［東海道メガロポリス、約6000km^2］。そこには連携と循環を容易にする客観的かつ主観的な近さがある。それほど密集していないが、約5000万の人口を集めるアメリカ北東部のメガロポリス［ニューヨークを中心にボストンからワシントンD.C.までの大西洋沿岸の都市群、約19万km^2］においても、そこにはなお共通のアイデンティティがみられる。1つの地域圏、ときには1つの都市が、韓国におけるソウルのように国全体の人口の半分以上となると、政治的バランスの問題を呈することもある。だが概して、地域圏は政治的な区割と機械的に一致するものではない。

アイデンティティとプロジェクトがつりあう点

　ここで重要なのは、コンテクストと指示対象との違いである。ヨーロッパのバックボーンはベネルクス、フランス北東部、ドイツ西部、スイス、北イタリアをふくんで、ロンドンからボローニャへ、住民1億4000万を擁し、とくに中規模の都市によって次から次へと構成される関連性をもつ、まとまりのある都市ネットワークを形成している（コンテクス

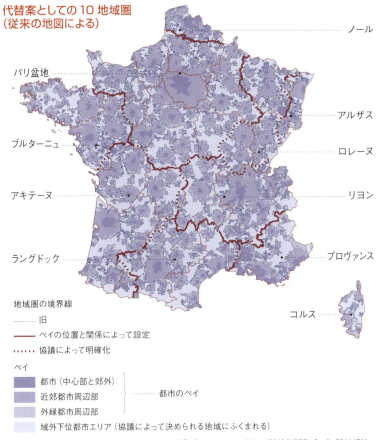

出典：Base des aires urbaines 2010 INSEE ; Geofla 2014 IGN

ト）と考えることができる。しかしながら、このネットワークのなかでは、すくなくとも異なる5つの言語が話されていて、非常に特徴も存在感もある8つの国民文化が認められる。こうしてコンテクストはあるが共通の指示対象がないことになる。逆に、中国は、揚子江、黄河、珠江という3つのデルタ地帯に、それぞれ1億から2億の人口の非常に統合的な集合である3つの強力な地域圏をもつ見こみがあると考えることができる。

地域圏の強みは、客観的資源（人口、教育、生産システム、文化、ある種全体のまとめである絶対的・相対的都市度レベル）と主観的資源（アイデンティティ、過去の記憶、将来の計画）のバランスにある。わたしたちは文化と言語のアイデンティティを区分の根拠とした。時代を

地域文化

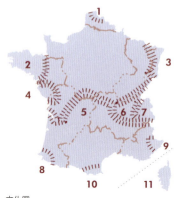

文化圏
1 フラマン
2 ブルトン
3 アルザス＝ロレーヌ
4 ヴァンデ
5 ラングドック
6 フランコ＝プロヴァンサル
7 サヴォワ
8 バスク
9 ニース
10 カタロニア
11 コルス

||||| おおよその境界

地域圏の境界線
―― ペイの位置との関係によって設定
…… 協議によって明確化

出典：INSEE、Wikipedia、フランス文化省

超えた絶対的なものとは考えないにしても、内部の社会的一貫性のための決め手であるとは考えるからである。自分たちが同じ運命にあるとは考えていない住民をいっしょにすることはなんの役にも立たないが、逆に、いくつもの大都市をふくむ大規模な単位を形成することをさまたげるものもない。したがって、すべての地域圏が同じ規模でなければならない理由はまったくないのである。

区分の手本として2014年から2015年のフランスでの議論でよく紹介されたドイツでは、もっとも大きいノルトライン＝ヴェストファーレン州の人口はもっとも小さいブレーメン州の30倍近い。フランスの新しい地域圏分割では、この率はもう少し高いが、これはもっぱら、特殊な地位の地域圏と考えられるコルス島［イタリア語呼称ではコルシカ島］を計算に入れずに規模の基準を決めたせいである。コルスを別にすれば、差は1対4.5にしかならない。

コルスとパリ盆地

この手続きにしたがって、わたしたちは客観的・主観的資源の二重の基準を満たす地域圏の地図を作成してみた。このように、論理的には、客観的・主観的資源の、それぞれ異なるバランスの産物である地域圏は同じ規模とはならない。コルス（30万人）もパリ盆地（2200万人）も、どちらも正当で、現代に適合し、有益である。こうして、堅実で、古代ローマの時代のガリア（ゴール）から産業革命までの長い歴史に根ざしていると同時に、まだ書かれていない未来を発明するのを助けるために構想された、10の地域圏が出現する。

この提案と実際に施行されたものとの主要な違いは、一部がメトロポールとなったイル＝ド＝フランスをふくむ広大なパリ盆地にある。ノルマンディの場合は、大パリ盆地への統合のほうがよかったのではないだろうか。世界的な大都市をそなえる地域圏に併合されることで、すぐ

地域圏の論理・117

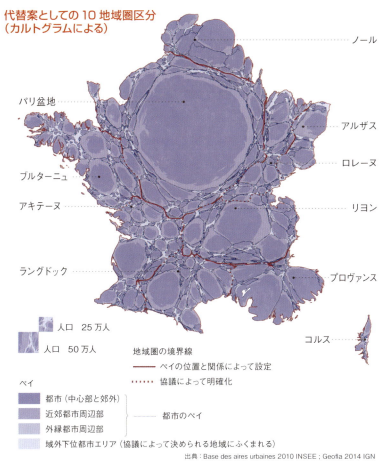

代替案としての10地域圏区分（カルトグラムによる）

ノール
パリ盆地
アルザス
ロレーヌ
ブルターニュ
アキテーヌ
リヨン
ラングドック
プロヴァンス
コルス

人口 25万人
人口 50万人

地域圏の境界線
――― ペイの位置と関係によって設定
・・・・・ 協議によって明確化

ペイ
都市（中心部と郊外）
近郊都市周辺部
外縁都市周辺部
都市のペイ
域外下位都市エリア（協議によって決められる地域にふくまれる）

出典：Base des aires urbaines 2010 INSEE ; Geofla 2014 IGN

隣の地域との連帯と同時に将来の発展のための強力な基盤をもつことになり、ノルマンディは共有のメトロポール構想に組み入れられることが可能になっただろう。

ほんとうの財力もなく、脆弱なアイデンティティしかないところで自治をめざすかわりに、連帯した発展を選択することができただろう。パリの生産能力の資源は、地域圏全体の力となることだろう。よく耳にする意見とは反対に、この組みあわせは、パリ盆地のイル＝ド＝フランスでない地域にとって、財政的にも非常に有益であるはずだ。さらにその地域は、全体の半数近くなる選挙人の比重からして、政治的決定でも重きをなすことになるだろう。

ゆれうごく世界のなかで変

　人は長いあいだ、1つの社会の内部にあって、法の規制を受けている政治の問題を、暴力によって支配される複数の社会間の地政学的な問題と対立させてきたが、1918年以来、国家間の戦争を、人権、法治国家、デモクラシーなど、価値観の争いも組み入れた視点で解釈することをはじめた人々がいる。こうした「イデアリズム」は、リアルポリティーク［利害にしたがって権力を行使して行なわれる政治のありかた］と対照的に、1945年のニュルンベルク裁判から、2005年国連総会首脳会合による「保護する責任［国家主権には人々を保護する責任がともない、それが機能しない場合には、人々を保護する責任は国際社会にもある］」の声明まで進展してきた。1989年以来、新しい一歩がふみだされ、国家間の関係の政治化が観察される一方で、テロのような国家を超えた多くの現象が国境をものともせずに起こっている。

　いまや、従来の地政学的戦争はまれになり、ほとんどの国内、国際暴力は内面の問題とも考えられる原因、つまり基本的な自由、平和や教育や発展への権利、宗教の社会的地位、各個人の自分の身体処分の自由などにかかわっている。ローマ教皇フランシスコは、「結婚を破壊する世界規模の闘い」に言及している。ウラジミール・プーチンのロシアの場合は、価値の保守主義、市民の自由の侵害、外に向けられた暴力が、同じ1つのイデオロギーの複合体を形成している。中国でも状況は似かよっている。この激しくはないが、世界中で起こっている内戦は、個人の社会［ドイツ人社会学者のルベルト・エリアスの著書名でもある］への切望と、あらゆるタイプの共同体主義の抵抗とのあいだの大きな政治闘争のマイナーで暴力的な部分でしかない。その共同体主義にはナショナリズムという、国家による共同体主義もふくまれる。

個人社会の力学

伝播の極
- 発信地
- 重要
- 二次的

伝播の時期
- 何世紀にもわたる（15世紀た
- とくに19世紀から
- 1945年から
- 1980年から
- 2000年から

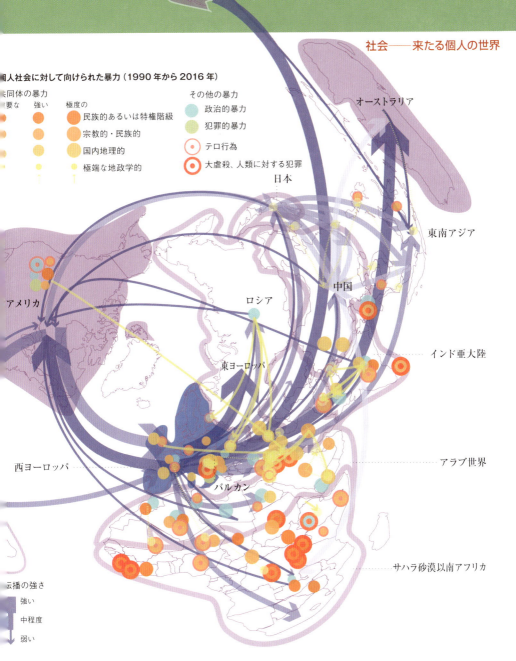

テロリストの温床？

テロへと人をつき動かすような、「病原となる環境」というものがあるのだろうか？これが、2015年のテロの犯人たちの経歴とプロフィールが、同じ地区の同じタイプに収斂していることがわかったとき、発せられた疑問である。非常に少数の個人についてではあるが、不合理な決定論におちいらないようにすれば、この疑問は提起されるに値するだろう。庶民的郊外（バンリュー）はテロリストの温床なのだろうか？

環境のなかのテロリスト

2015年1月と11月のテロ事件のあと、テロリストの大半がフランス人で、多くの場合フランスで生まれていたことがわかった。彼らの経歴は、次のような特徴に要約される、よくある平凡なものだ。マグレブ［主としてかつてのフランス植民地のモロッコ、アルジェリア、チュニジア］からの移民の息子、平均的あるいは平均以下の教育、軽犯罪の前科、宗教心は薄く、最近になって過激化した、実行にあたっては決然として職人的。バリエーションもある。ジハーディストグループと直接的に知りあいだったり、間接的にしか出会っていなかったり、単独行為だったり、集団的行為だったり、だが態度は多かれ少なかれ自滅的である。地図はこの類似性と相違を報告し、リヨン、トゥールーズ、あるいはパリの庶民的地区における都市生活の重要性をきわだたせている。そこには、2つの異なる形態が見てとれるように思われる。1つは非常にローカルなもの、もう1つは紛争地への短い冒険をともない、そこで超国家的テロリスト組織とのかかわりをもつものである。共通なのは、住民の大半が貧しい都市環境での短い生涯だ。

社会的苦悩をかかえる郊外

困難な地区をターゲットにした「優先地区」の地図がここで説得的である。教育優先網（REP）も治安対策優先地区（ZSP）も、あるいはより一般的な地区の社会活動である都市政策優先地区（QP、フランスでは都市政策とよばれる）も、あきらかに大規模・中規模の都市郊外がほとんどである。さらに地図の背景を、「卒業資格なし」の分布が補強している。制度上の効果とは別に、この情報を「社会問題」の比較的信頼度の高い指標と受けとめることが可能である。

それに、学業のドロップアウトに直面して、すぐ手のとどくところに答えがあることの理解を可能にする、もう1つの

問題のある地区(カルチエ)

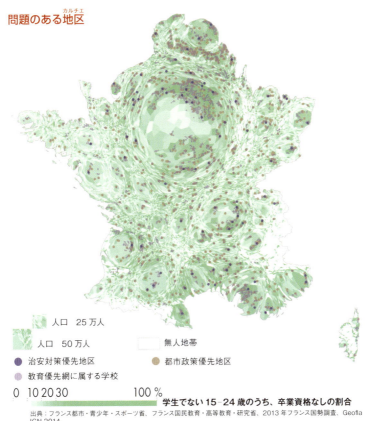

人口 25万人
人口 50万人　　　無人地帯
● 治安対策優先地区　　● 都市政策優先地区
● 教育優先網に属する学校
0　10 20 30　　　　　　100 %
学生でない15–24歳のうち、卒業資格なしの割合
出典：フランス都市・青少年・スポーツ省、フランス国民教育・高等教育・研究省、2013年フランス国勢調査、Geofla IGN 2014

要素をつけくわえることができる。麻薬の売買である。庶民的郊外は、社会的苦悩とその苦悩の結果という二重の苦悩をこうむっている。それにもかかわらず、住民がメトロポールの高い生産性に寄与しているのだから「周辺部のフランス」(フランス・ペリフェリック)［地理学者クリストフ・ギユイの、フランスはグローバリズムの恩恵を受けて繁栄しているメトロポールと、苦悩する周辺部に分かれているとする理論より］にはあたらず、うまくいっている郊外もあるという意見も聞かれる。だがそのことが、こうした地区の何百万人もの住民から、目をそらしていい理由になるだろうか？　彼らは、都市周辺部の邸宅でたえがたい「文化的治安の悪さ」に悩まされているという人々よりずっと数が多く、客観的にずっと脅かされているのだ。

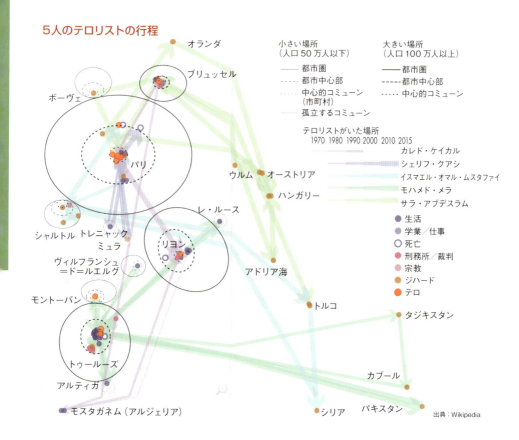

巨大な氷山の一角

　いっしょに見ることによっても、これら3枚の地図はもちろん、テロリズムが生まれる場所についてのヒントを提供してはいない。テロの原因の一部は外国、あるいはヨーロッパの別の場所にもあり、特殊な複雑な問題をひき起こしているからだ。遠く植民地主義の論理の影響も指摘できるだろう。また、少年たちが「男の価値」を簡単にすてられないことが指摘できるが、それは労働者の世界で長年支配的だったもので、学習やサービス、知的な仕事を軽蔑し、力関係を社会生活における調整役として重視するものだ。このカルトグラフの5人のテロリストは、巨大な氷山のおそるべき一角にすぎない。欠陥は概してインフラにかかわるのではなく、ましてやローカルインフラの影響にかかわるのでもない（都市のある地区の問題を、その地区（カルチエ）のレベルで解決しようとすることは、方向づけの明らかな誤りであることを証明している）。庶民的郊外の統合的な開発を、メトロポールの政策と国の利益の重要な課題とすること

テロリストの温床？・123

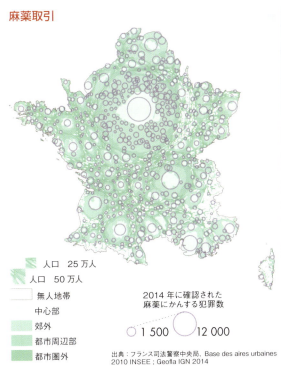

麻薬取引

人口　25万人
人口　50万人
無人地帯
中心部
郊外
都市周辺部
都市圏外

2014年に確認された
麻薬にかんする犯罪数

1 500　　12 000

出典：フランス司法警察中央局、Base des aires urbaines 2010 INSEE ; Geofla IGN 2014

禁止の弊害
　麻薬の取引は、学校へも行かず仕事もない青少年や、「兄貴分」に従う子どもにさえ、資格があってもまじめな就業では手に入れられないほどの金額を、簡単に稼がせることができる。警察の統計にさまざまな偏りがあることは別として、フランスにおける危機的地域を構成するのは主として大都市の郊外である。こうした取引（とくに大麻）は、世界中の保健機関によって、生産国によって、さらには消費国の公安の責任者によって告発されている禁止の教条主義の弊害を示している。

が必要である——そう言った人々がいる。
だがだれがそれをするのだろう？

係争と暴力

フランスは200年前から内部の紛争に悩まされているが、この状態からほんとうに脱したいと考えているのだろうか？　社会的暴力は姿を変えたが、依然としてある。それはたんに象徴的なもので、ほかの関与者と話しあう言語の1つなのだろうか？　社会に深く根づいた、法治国家拒絶のしるしなのだろうか？　平和的な抗議活動の場所と暴力的な抗議活動の場所の比較が、ある観点をもたらしてくれる。

パリでは抗議活動が少ない

給与所得者の組合が組織する、ほぼつねに平和的なデモからはじめよう。近年のデモには、21世紀初頭から、はっきりとわかる変化が確認されている。都市の規模に対して、デモ参加者が少なくなっていることである。パリ盆地の都市はあまり意欲的でなく、パリの都市圏でも、人口が約10分の1のトゥールーズ都市圏よりわずかに参加者が多いだけで、直感に反する風景がある。西部と南部の公務員や学生の街が、北部と東部の労働者地帯にとって代わっている。

パリの場合が特別な注目に値するだろう。ある時期のあいだ、デモの退潮は起こっていても、逆説的な現象によっておおい隠されていた。組合による抗議運動のもっとも激しいものが、全国レベルでありながら、パリにかぎって行なわれたが、実際にはイル＝ド＝フランス地域の動員は少なく、ほとんどが「地方の人々」だったのだ。反面、デモ隊の列のなかでは、議員たちにうながされて、有給で時限ストライキに参加した市町村の公務員が、最低人員を確保していた。共産党の衰退およびパリ・メトロポールの社会経済的変化によって、「赤いベルト［パリ郊外の共産党勢力の強い地域］」に政治的交替が起こり、抗議活動の勢力は徐々に減少した。時を同じくして、地方分権によって地元空間や地域圏が重要な権限の場となり、パリへの集中という構図がくずれたため、パリ以外の地域における活動も重視されるようになった。組織的ではなく、一部偶然に左右される面もあるが、中小の都市は、これこれの日にデモがあるというとき、それなりの人数を集めることができる。これも分布図でみられるとおりである。

だが、パリは新しいジャンルの表現で、ある程度の地位をとりもどした。ニュイ・ドゥブーのような市民の討論［2016年春、レピュブリック広場を占拠して討論などを行なった］、他の地域にさきがけて危機を強調するナントやレンヌでのように組織された破壊活動家による暴力、左

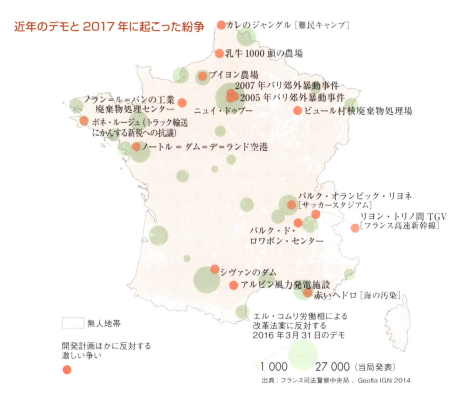

近年のデモと2017年に起こった紛争
- カレのジャングル［難民キャンプ］
- 乳牛1000頭の農場
- ブイヨン農場
- 2007年パリ郊外暴動事件
- 2005年パリ郊外暴動事件
- フラン=ル=バンの工業廃棄物処理センター
- ニュイ・ドゥブー
- ビュール村核廃棄物処理場
- ボネ・ルージュ（トラック輸送にかんする新税への抗議）
- ノートル＝ダム＝デ＝ランド空港
- パルク・オランピック・リヨネ［サッカースタジアム］
- リヨン・トリノ間TGV［フランス高速新幹線］
- パルク・ド・ロワボン・センター
- シヴァンのダム
- アルビン風力発電施設
- 赤いヘドロ［海の汚染］
- エル・コムリ労働相による改革法案に反対する2016年3月31日のデモ

無人地帯
開発計画ほかに反対する激しい争い

1 000 　27 000 （当局発表）
出典：フランス司法警察中央局、Geofla IGN 2014

派政党と組合組織の提携による儀式的なデモ行進である。反面、パリは、2015年1月のテロ事件に続く、政治的で、大規模で、声を立てない新しいジャンルのデモでも異彩を放った。

善のための害悪

変わったのはまた、都市化、あるいは開発の係争にかかわる善のための害悪というべき係争である。空間はそのとき争点であり、抗議が示されるのは、局地的で一時的あるいは長期的な行動による、係争地占拠の形である。これは1999年、シアトルにおける世界貿易機関閣僚会議に対する激しい抗議活動にはじまり、公共財産と機動隊を攻撃するような行為がふたたびみられた。フランスにおけるリヨン・トリノ間のTGV計画への異議申し立ては、あきらかに新しい路線に反対したピエモンテ地域から表明された、妥協しない一連の「No TGV」運動にならったものと位置づけられる。ノートル＝ダム＝デ＝ランドの空港建設反対も、このタイプの運動と共通点をもち（環境問題。各地をめぐって、いざとなれば警察と戦う用意がある、ヨーロッパの活動家の存在）、40年前の、反軍国主義のデモ参加者によるラルザック・カルスト台地

126・ゆれうごく世界のなかで変わるフランス

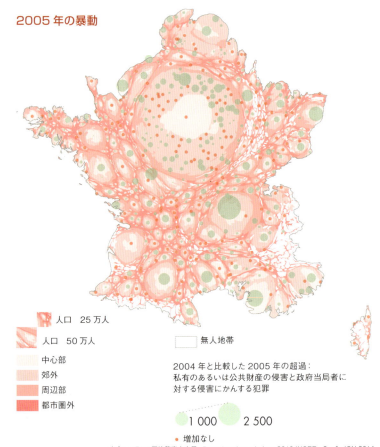

2005年の暴動

人口 25万人
人口 50万人
中心部
郊外
周辺部
都市圏外

無人地帯

2004年と比較した2005年の超過：
私有のあるいは公共財産の侵害と政府当局者に対する侵害にかんする犯罪

1 000　2 500
増加なし

出典：フランス司法警察中央局、Base des aires urbaines 2010 INSEE ; Geofla IGN 2014

の占拠によく似ている。

ミクシテが守る

　2005年の暴動は、自然発生的な動きのユニークなケースである。場所を庶民的郊外だけにかぎって、自然発生的な反発と組織的な破壊行為、そして政治的抗議行動との境界で行なわれた。この暴力的な行動の、ある意味偶発的な発生と、「ウィルス性」の伝播は、非常に異なる情報コンテクストで発生した、1789年夏の、村から村へと伝播した大恐怖のような出来事を思わせる。警察の暴力の告発という直接の原因を超えて、この動きは、往々にして社会移動の敗者（少女に対する少年。マグレブ出身者よりむしろサハラ砂漠以南のアフリカ出身者）の苦悩の表現であると解釈された。「社会のエレベーター」に乗れないこと（あるいはすくなくとも遅れをとっていること）が、労働者の子どもたちに不公平な形で打撃をあたえている。そして、それに反

発する暴力もまた、非常に正確な一定の場所の状況という視点で分析されなければならない。多くの大都市、とくにパリにおいては、分布図によると、ミクシテが融和的な効果をもたらしているのがわかる。というのも中心部はこの暴力をのがれているからである。外見は平等に見える状況でも、恵まれない地域の若者は、彼らがどんな場所で暮らしているかによって違う。ある地区において社会的落ちこぼれが一様に起きている場合は、あきらかに絶望感と激しい反発をひき起こすこととなるだろう。

内乱を演じている？

　西ヨーロッパの隣国と違ってフランスでは、社会的暴力がずっと続いている。そんなふうに見えるだけではない。実際、最近の警官への攻撃にも死をもたらす危険のある火炎びんが使用された。1968年とそれに続いた極左の学生による示威行動以降も、人種差別あるいは反ユダヤ思想による少なからぬ数の犯罪、管理者監禁、サボタージュの脅威、警察による暴力に対する抗議をともなって散発する労働者による暴力は、公共財産を破壊するまでに悪化しているのが観察され、とくに、全期間をとおして、組合の支援を得た農業従事者たちの一連の不法行為は、1999年、環境省を破壊することまでした。

　しかしながら、今日の暴力を1954年から1968年に存在していたような暴力に比べると、重要な違いに気づく。共産党とそれに近い組織による攻撃的な行動は、冷戦や植民地戦争のような中央政治闘争のなかに地位を占めていた。非合法の行動に参加し、同時に選挙で戦い、都市を管理していたのは、同じ人々だった。今日では、暴力は3つの意味で周辺化した。まず、農業運動を除いては、連続的に行なわれているのではないこと。次に、労働者運動の枠外にあること。組合のデモをよそおっているときも、多くの場合はそれに依存しているだけである。そしてこうした暴力行為が、ある特殊な問題が存在する地点で行なわれ、そこから社会全体に向かって象徴的な抗議のメッセージ、あるいはより一般的な不満のメッセージを送っていることだ。

　この暴力が政治的であることははっきりしているが、その正確な意味はなんだろう？　暴力的な抗議者たちがよく言うのは、「これが聞いてもらえるただ1つの手段」ということだ。彼らは、暴力で対抗するしかない権力の暴力を非難している。「ギリシア人たちは彼らの神々を信じていただろうか？」と、フランスの歴史学者ポール・ヴェーヌ［1930年生まれ］が著書のなかで疑問を呈しているが、フランス人も内乱を演じているだけなのか、それともほんとうに信じているのだろうか？　おそらくその両方だろう。

空間的正義と不正義

　空間的正義という概念は新しく、地域公共政策についての議論とともに展開してきている。現存の社会正義の理論を進展させて、空間にあてはめたというだけでなく、それを抜きにしては空間的政策が、必要とされていることに答えられないという特殊性をもっている。空間的正義を定義することが、あらゆる共生を定義し、そうしてほんとうの空間的社会契約を生み出すことが可能となる。

張りあいながらも互いにとりいれているいくつかの正義論

　ほぼ2世紀のあいだ、功利主義（1789年ベンサム、1861年ミル）にもとづいた考えが、ほとんど異論もなく支配的だった。そこで問題になるのは、住民全体の集合としての経済的・社会的発展で、正義の尺度として社会（利益）の平均的「幸福」がある。反対に、平等主義(エガリタリズム)は所得の差を縮めることにあるが、経済的・社会的状況の集合的な改善を保証することには熱心でない。アメリカの哲学者ラリー・テムキンによれば、平等の名で、「すべての敗者」はまずまずがまんできると考えることができる。アメリカの政治哲学者ジョン・ロールズは1971年に、公平の基準のもとに正義の理論を展開した。これは一方で、何人も基本的な自由と「基本的な」といわれる財産にアクセスできることを保証し、他方、正当だと考えることができる不平等を受け入れる。ただし、その不平等がもっとも貧しい人々の状況を改善することができる場合、そしてその場合にかぎって正義だと考えられる、というのである。

再配分の限界とずれ

　正義の基準が複数あるにもかかわらず、そしてロールズの貢献にもかかわらず、現在、フランスの国土政策の水先案内をしているのは、「地域間の平等」である。この原理は、人口密度に関係なく、良質な公共サービスをすべてのフランス人に保証することをめざしている。だから、たとえば裁判や病院の費用は、同じ人数の住民で分割するのではない。だが、このように徹底した公共サービスの平等は、機械的に個人間の不平等をひき起こすことになる。

　人口密度が高くない地域圏は、住民による特別大きな努力を要求するため、支援はおもにイル＝ド＝フランスから来るのだが、そのことが次のようなパラドックスをまねく。イル＝ド＝フランスは、もっとも生産的な地域であるにもかかわらず、数においても程度においてももっ

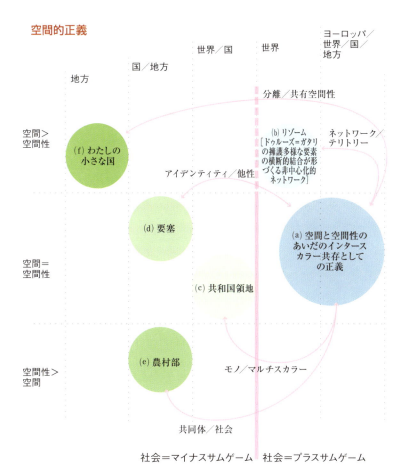

(a) などは本文に説明　　出典：étude《Justice Spatiale》（「空間的正義」の研究）、Chôros/CGET 2017

とも重い貧困が存在する地域である。住民の数ではなく面積をベースにした地域間平等は、公平な正義とは考えられない。公平とは、再配分がまずはもっとも貧しい個人を支えるためであることが要求されるが、フランスの社会モデルはそれをしていない（エルヴェ・ド・ブラーズ［1943年生まれ、フランスの人口学、歴史、数学者］）。他方、生産的でない地域が、地域間同士平等の援助を受けているわけではなく、地域圏間の均等割りあて調整の透明な計算書を手に入れるのはむずかしい。ブルゴーニュ＝フランシュ＝コンテ地域圏が勝ち組のもっともよい例である。総生産では12位か13位に位置するのが、再配分のあとは世帯の可処分所得で5位になっているからだ。だが、同時に北部のオー＝ド＝フランス地域圏は、総生産が最下位で、再配分後の住民1人あたりの可分所得も最下位である。結局、

払う人々、受けとる人々

住民1人あたりの国内総生産／総可分所得（平均値）

出典：2014 年フランス国勢調査（INSEE）、Geofla IGN 2014

再配分の仕組みの最終的な目的は、次のように定義するのが適当だろう。もともとの不平等を減少させるように「修正」する再配分をしたいのか、地域圏全般に自律的な生産性と発展を奨励したいのか、である。後者の場合なら、生産性はどうであっても、それぞれの地域圏がこれこれの国の援助を受けることで、このモデルがどれだけ活力をあたえているのかを問いなおすことができる（フィリップ・エステーブ［フランスの地理学者］）。

空間的正義の総合的モデル

空間的正義については、フランス社会の例（Chôros/CGET）から作成された定性的研究によって、悩ましいこの問題について市民たちが何を言いたいかを理解することができる。p.129の図表は、アンケートのあと特定された空間的正義の6つの概念を表している。中央のモデルは、質問された人々の多数派である(a)。その特徴は、レベルの多様性と社会的空間と個人の空間の柔軟な連結、一方で無条件に再分配された財産の基盤、

他方で、社会（連帯、共通の発展）と受益者（自由、選択、責任）の共同で生産した公共財産全体をふくむ正義にある。空間的アプローチは、よりよいと思われる方向へ向かう変化に対して開けているという意味で「進歩主義」と形容できるような、正義に対する関係を明らかにする。このグループはまた特徴として、不満も罪悪感も感じていない。ところで、このような立場は、伝統的な右派／左派の対立を超越したもので、そのような観点をあいまいにする。このグループに反対する者は「単一のスカラー」の支持者たちから成り、正面きっての対立をする。その他の立場は、レベルによって、あるいは行為者（空間性）と環境（空間）との均衡点によって中央から離れている。ある観点（b）が2つの変形を認める。1つめは、なによりローカルで自己の問題に専念していて、世界にも興味はあるが、スカラーを超えた連帯には向かっていない。2つめは、状況によって仮の停泊地を選んで、すべての他性、すべての連帯に開かれた個人を見る。

国レベルにはどんな場所があるか？

「共和主義の」考えに結びついた、「単一のレベル」は、たとえば、全員が公立の病院にアクセスできることを約束する（c）。保護の場所として、位置取りとして選ばれた家は、世界との関係と正義の空間的問題の縮図を提供する（d）。自由がそこに帰するところの危険、この強い愛着に外の世界に対する無関心、さらには敵対心が補われる危険が、住民の空間性における他性の問題を表現している。2つのスカラー（家と国家）をもつ空間の形での表象は、とくに他者にさらされることに危険を見る人々に打撃をあたえるようにみられるが、そこからナショナリスト（国家主義、保護主義、外国人嫌い）であると同時に共同体主義的な姿勢が出てくる。その姿勢は、互いに知っていることからなる地方の空間に集中していて、都市周辺部においては村から引き継がれたものがくりかえされる。

また別の見解は、ノスタルジックな田園地方を保護しようとするが、これについて国家は保護主義によって引受人となるだろう（e）。最後に、3つめのアプローチは、より明白に防御的で、個人の空間に集中して、強化された境界の地理を受け入れる（f）。この最後の場合の国家主義は、安全に守ってくれる王権のようなもので、ファーテルラント（わたしの祖国）に代わるハイマート（わたしのふるさと）の姿を見ている。

一本の線がこの空間的正義との異なる関係を分けている。社会の表象をプラスサムゲームかマイナスサムゲーム［全体量が増えたり減ったりするタイプのゲーム］かで分ける線である。その線の一方には、楽観的あるいはユートピア的な見解が、他方には、後退の姿勢がみられる。

ヨーロッパ——
はじまりの終わり？

　欧州連合は、社会的・経済的であると同時に政治的・制度的である危機を経験しつづけていて、そのことが、もっと深いところで起こっていることの分析を混乱させている。たとえ国内政治の場面で、とくにフランスにおいて、どちらかといえば短期の事柄が支配的であるとはいえ、川底の流れに興味をもつのは無益なことではない。なぜなら、長年なかったことであるが、いまフランスの政界をヨーロッパ問題が分裂させているからだ。

中心部と周辺部

　ヨーロッパはまず、中心部と周辺部をそなえた発展する空間として、理解できる。やや変更をくわえれば、アラン・レノーの用語（1981年）をここで使うことができるだろう。中心部は、一枚岩でできた国々を結びつけ、封建制度の下書きをした２つの歴史の痕跡でもある２つの面をもつ「心臓」である。１つは、大型のあるいは中規模の都市を結ぶアムステルダムからボローニャまでの背筋。もう１つは、ロンドンやさらにはパリのような、国家に属しながら孤立している首都である。周辺部の第１のレベルもまた、２つで、南西部と北東部である。スロヴェニアとエストニアが、そしてあるずれをもって「東欧」が、いかにして南西部のヨーロッパに接近したかを見るのは、強い印象をあたえる。この、生産システムと再配分の仕組みの根本的な再編成をへたすばやい変化は、生産の新しい文化に向けて社会的・経済的な新しい方向づけができなかったロシアの変化と比べると、驚くばかりである。ハンガリーとポーランド、そしてもっと小さい規模でチェコにみられた逆行的な傾向は、この地域の脆弱性を証明するものだが、この四半世紀の変化が新しい社会を創ったことを思えば、相対化されるべきであるし、その新しい社会が、この変化を自分からまねいたのではなくむしろこうむった人々に、郷愁を、そしてときには遺恨をよび起こしたとしても意外ではない。次には、もっと脆弱なだけでなく、より不安定な周辺部がある。［ギリシア、ブルガリアなどの］バルカン半島は長いあいだオスマン帝国が存在したという特徴があるが、苦労して社会的・経済的・政治的に一貫したモデルを打ち立て、民族主義の新しいページをめくった。ウクライナとモルダヴィアとベラルーシは迷い、トルコは乱気流のプロセスに入り、そのた

ヨーロッパ——はじまりの終わり？・133

ヨーロッパの中心部と周辺部

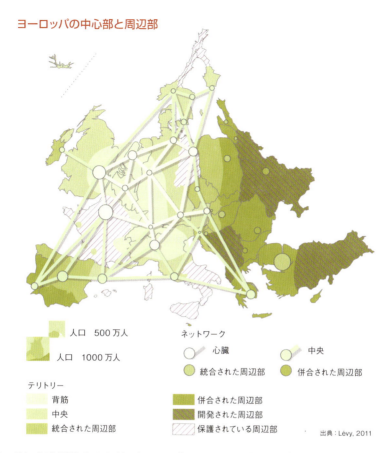

人口 500万人
人口 1000万人

テリトリー
背筋
中央
統合された周辺部
併合された周辺部
開発された周辺部
保護されている周辺部

ネットワーク
心臓
中央
統合された周辺部
併合された周辺部

出典：Lévy, 2011

めにしばらく欧州連合から遠ざかる可能性がある。

神なき大陸

しかしながら、地政学の浮き沈みを超えて、p.134の信仰の有無の分布図でわかるように、根本的な傾向はある連続性をもっている。全体としてヨーロッパは中国とともに、世界で、人間の形をした神々がもっとも衰退している地域である。チェコ、オランダ、フランスにおいては無宗教が大半となり、西ヨーロッパ全体では、信仰や宗教組織への加入と倫理的信念との分離が、不断のリズムで強まっている。信仰の地理は、ある驚きを用意している。西ではカトリックとプロテスタントの対立をたどっていない。東では、同様に、カトリックと東方正教会とイスラム教の区別がはっきりしない。この地図が似ているのは、まさに中心部と周辺部の地図である。イタリアには特殊な状況が見受けられ、ヴァティカンが国の社会生活にあたえる影響のほかに、イタリア社会のもっと深い矛盾を示している。

ヨーロッパにおける信仰のある人、ない人

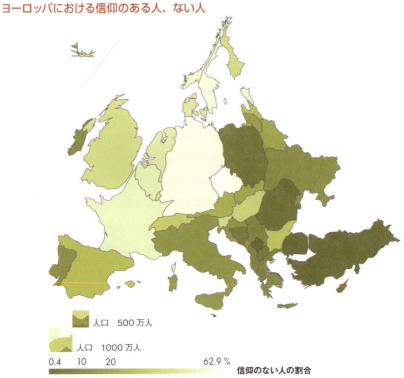

人口　500万人
人口　1000万人

0.4　10　20　　　　　　62.9 %
信仰のない人の割合

出典：EVS（ヨーロッパ価値観調査), 2008

隣国と比べると、性的指向の自由の権利において遅れているだけでなく、デジタルでも遅れている一方で、20年前からポピュリズムの傾向のある政党が、さまざまな形で支配している。

変動する地理

　EU（欧州連合）との関係を示す地図は、非常に複雑である。ブレグジット（イギリスのEU離脱）で、EUを離脱する決定が可能であることがわかったのだが、それは多くの選択肢のうちの1つの面でしかない。容易にメンバーになれるだろうがそれを望んでいない、それでいて、シェンゲン協定［域内で国境審査廃止］に加盟することで、国境を低くするというEU加盟よりもっと強い関与をしているノルウェーやアイスランド、スイス、あるいはリヒテンシュタインのような国もある。反対に、多少なりとも現実的な加盟の要求もあったが、西ヨーロッパにおける世論の一部のためらいの前に、もっとも熱心な国もふくめてすべての志願国は実際プロセスの途中でしりごみした。他方、イギリスがとっていた、中であって外である姿勢は、ユーロを望まないスウェーデンとデンマークによって維持されている。そしてヴィシェグラード・グ

ループ［以下の4か国の地域協力機構］の4国（ポーランド、チェコ、ハンガリー、スロヴァキア）が連邦型ヨーロッパへの回帰の計画をあたためているところ、原加盟国（ドイツ、フランス、イタリア、ベネルクス3国）においては、2008年には金融危機に対応して、緊急に確立された新しい連帯がフェデラリズムに好意的な動きを生じさせたが、それがとりわけユーロ圏におけるひとつの民主的政府への要請となって現れている。

2つのシナリオ

すでに変動する地理で機能しているこの空間が、その政治的差異を容認し、強化するのを予想することができる。2つのシナリオが考えられ、そのなかでフランス人の選択が1つの役割を演じることになる。

最初のシナリオ「終わりのはじまり」は、反ヨーロッパのポピュリズムが権力の座へ登場し、ヨーロッパ全体で連携することによる、欧州連合の崩壊である。最近の選挙の変遷をみると、それはありそうなことに思える。しかしながら、この見かけ上の収束は、西と東のナショナリズムの矛盾を強調することになるだろう。最初のケースとしては、欧州連合の予算への出資をこばみ、保護主義を選択して周辺を悩ませるだろう。次には、あらゆる超国家主義を拒否しつつ、中央の連帯を利用しつづけることがあるだろう。

2番目のシナリオ「はじまりの終わ

欧州連合への加盟状況

欧州連合への加盟を…
- 望んで、できた
- 望んでいる、できる
- 望んでいる、おそらくできる
- 望んでいるが、できない
- おそらく将来望むだろう
- できるが、望まない
- 望まないし、できない
- 望まない
- かぎられた主権の極小国家

出典：www.touteleurope.fr

り」は、「速度」の違いを形式化することだ。ユーロ圏の中心は、積極的な行動に出られるように自立し、周囲には、ついてくるか、のぞまない結果も受け入れるよう強要する。2つの別々のグループ、成功している中央の反ユーロの部分は、その理由から自動的な連帯を警戒するし、周辺部はまだ統一通貨を適用できずに、しばし、距離をおくだろう。決定要素は、ヨーロッパの中心が1つの声で話し、ある1つの国のほかの国々に対しての計画ではなく、ヨーロッパ全体の革新の力となるような共通の計画を提示する能力である。

国際移動の複雑な地理学

フランスと移民の動きとの関係は、しばしば二重の意味で単純すぎる扱いをされてきた。フランスは豊かな国なので、移民にかんしては流入希望の対象にだけなっているため、フランス人は自国内へ流入する外国人に対抗して、外国人排斥票を投じるのだというのだ。

ここにある2枚の地図が、現実はすくなくとももう少し念入りな分析を必要とすることを示し、異なる次元における事柄を機械的に因果関係で結びつけるのは避けるべきことを教えてくれる。

貸借残高はしばしばつりあっている

フランスは、アフリカやアジアの旧植民地国から大勢の移民を受け入れているが、世界のほかの地域、とくにアメリカ大陸との関係では、状況はかなり均衡がとれている。というのも多くのフランス人がその地へ移住しているからだ。フランスはまたかつて、南ヨーロッパから来た住民も多く受け入れた。しかし、何十万人ものイタリア人やスペイン人がフランスへ来ていた時代とは、状況が逆転した。フランスから見ると、現在の周辺部もふくむヨーロッパと北アメリカは大量の移民の流れがあるが、純移動率［特定の時期と場所における移入民と移出民の差］は小さい。それに対して開発途上地域については移入が非常に少ない場合が多い。

移民への開放度、つまりフランスにおける双方向の動き全体と、関係国の人口の関係でこの状況が確認できる。「フランス語圏」のサヘル地域だけでも、マリとニジェールには違いがあって、移民の習慣が相違している。フランス領ではなかった後発開発途上国（最貧国）のあいだにも状況の違いがあり、全体としての率は低い。これは、ひとつには、ほかの国々がこれらの国々の住民を受け入れているからだが、それでは説明が不十分である。というのも、イランやエチオピアのように明白な「植民地の本国」をもたない中低開発国も、フランスに向けてあまり移民を出していないからである。

「連通管」への反証

2015年以来の欧州難民危機で、何百万もの人々が移動したが、移民は苦境にあっても、現実のルートがあるかどうかということと、さまざまな国について全体として彼らがもっている定着可能か否かのイメージによって目的国を選んでいることをはっきり示した。

コミューンごとの外国人の割合

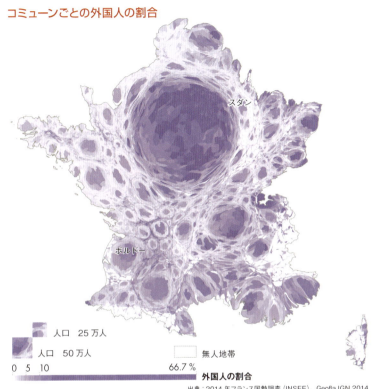

出典：2014年フランス国勢調査（INSEE）、Geofla IGN 2014

　全体として、「連通管」［底がつながった連通管のなかを水が自動的に移動することに移民の流れをたとえている］の理論は、機能しない。まず、フランスは天国ではない、なぜなら何百万人ものフランス人が、もっといいと思った別の国へ出ていっているからだが、そこにはフランスより貧しい国々もふくまれる。次にこの理論は、貧しい国々全体の大規模な動きを観察していない。まずはコネクションの存在を考慮に入れるべきだが、それだけでなく、自国の所得が低いからといって移民の決断をすることにはならないとい

う事実も考慮に入れるべきである。移住にはばかにならない代償が必要なので、それができるのはもっとも貧しい人々ではない。さらにもっと深いところに「移住性向」のようなものがあって、同じ国のなかでも、ある社会ではそれがほかにおけるより強いことが観察されている。

外国人が多いと、外国人嫌いが減る

　外国人の分布は広く都市度をなぞる形になる。中心部であるほど、都市が大きいほど、外国人は多い。この配分は、都市のまわりでも都市周辺部と下位都市エ

外国にいるフランス人とフランスにいる外国人

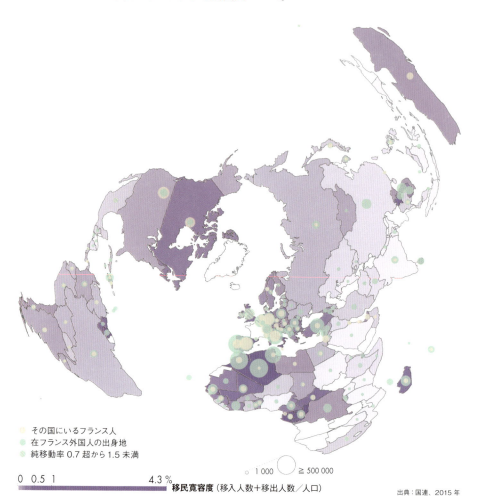

- その国にいるフランス人
- 在フランス外国人の出身地
- 純移動率 0.7 超から 1.5 未満

0　0.5　1　　　　4.3 %
移民寛容度（移入人数＋移出人数／人口）

○ 1 000　　○ ≧ 500 000

出典：国連、2015 年

リアのあいだの区別によって微妙な違いを見せ、北西部広域（スダンとボルドーを結ぶ線より西、ただしイル＝ド＝フランスは南東部にふくまれる）とその他の部分を分けている。この北西地域では、人口全体に照らしあわせると外国人の数はやや少なく、中心部と郊外に集中している。他方、別の地域では、人口密度の低い地域にも外国人がいる。この違いは、フランスの工業都市地区への移民が古くからあったことで説明できるだろう。外国人は徐々に、全般的な都市化の動きをたどる傾向にあるが、彼らが最近になって居るようになったところではそうでは

ない。この外観とは別に、全体として次のことがいえる。外国人の存在が目立つところは、都市度が高いところである。より多くの雇用、チャンス、ネットワークがあるからだ。

そして、この分布図は、もう1つの分布、国民戦線支持のような外国人嫌悪の投票の分布（p.10-13参照）と、反比例の関係にあることをはっきり示している。外国人嫌いは、とりわけ、そしてますます、都市度と逆行しているのである。別の言い方をするなら、いくつかのわずかな例外をのぞいて、住民の周囲に外国人が多いほど、住民は外国人を受け入れ、外国人が少ないほど反移民問題が優位に立つ。それはつまり、政治の力学を政治の外の因果関係に単純化することはできないということである。

帝国と世界社会のあいだ
ワールド・ソサエティ

フランスは世界地図上のどこにあるだろうか？　そしてまず、フランス帝国の何が残っているだろうか？　フランスは終末の近い帝国だろうか、それとも別のものだろうか？　次の２枚の分布図がいくつかの答えを提供する。たしかに世界についての帝国主義的観点はなにかしら残っているが、ますます化石化しつつあるこの層から、世界との新しい関係が生じ、その関係は、自国領土の利益保護よりも、ほかの関与者と分かちあう価値観の上に基礎をおいている。

ソフトパワーのゆっくりとした出現

フランスの開発援助は、フランス開発庁という強力で目立つ道具を使い、隠れた新重商主義［貿易ナショナリズム、保護貿易主義］の性質をもって、国が資金援助とひきかえに、外国の顧客にフランスの企業を押しつけているのだろうか、あるいは、スウェーデンやスイスがだいぶ前から実施することができているような、パートナーをより尊重したソフトパワーなのだろうか？　いずれにせよ、地図を見れば、世界におけるフランスの存在感が形ばかりではないことがわかる。本土の外で管理されているいくつかのタイプの海外領土には300万人近くが暮らしているが、フランスの政治に影響をおよぼしし、ときに独立するとのおどしをかけながら、住民あたりにすると非常に高いレベルになる直接間接の補助金を受けとっている。これはヨーロッパのほかの大国と比べて、フランスだけのケースである。たとえばイギリスとは違って、フランスの政治シーンで支配的な傾向は、植民地の存在の経済的・政治的負担を考慮することにはなく、領土をできるかぎり国家の懐にとどめることを優先させてきた。本土から離れたいとのぞむ地域がそれを奨励されたことは決してなかった。

進行中の変動

フランス軍の外国における介入の歴史は変貌を物語る。それはまだ完成していないが、異論の余地はない。先に、インドシナとアルジェリアの植民地戦争の後、フランス軍はアフリカにおいてその戦力の主要な部分をそそいで、地域においた長官を──しばしばなんでもやりかねない独裁者だったが──権力の座にとどめた。1990年代には、外国での活動に大きな変化がみられた。フランスは介入するが、

世界におけるフランスの存在

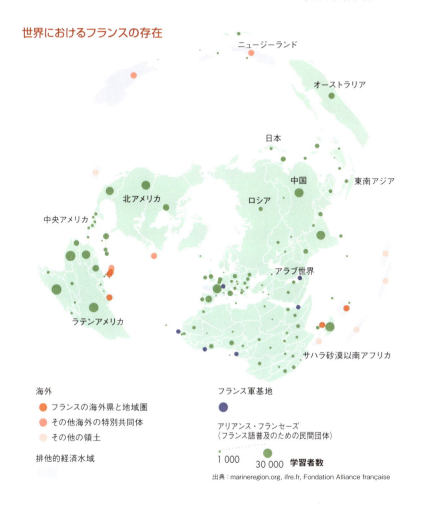

(1) 国際連合の支援とともにすることがますます多くなって、
(2) 旧植民地以外での活動が増え、
(3) 旧帝国に属していた国々においては、はっきりした政治目的でのことが多くなった。

したがって、従来の慣行が容易には消えないとしても、「理想主義的な転換」といえるだろう。1990年から1999年の旧ユーゴスラヴィア戦争に介入したフランス軍は、現場で変化を見せた。第1次世界大戦時味方として闘った記憶から、あきらかにセルヴィア側だったフランス外交は、国内の世論に押されて徐々に変わり、セルヴィアがコソヴォを苦しめるのを阻止することについて、アメリカや西ヨーロッパの他国に同調するにいたったのだ。

1945年以降のフランスの外国における軍事行動

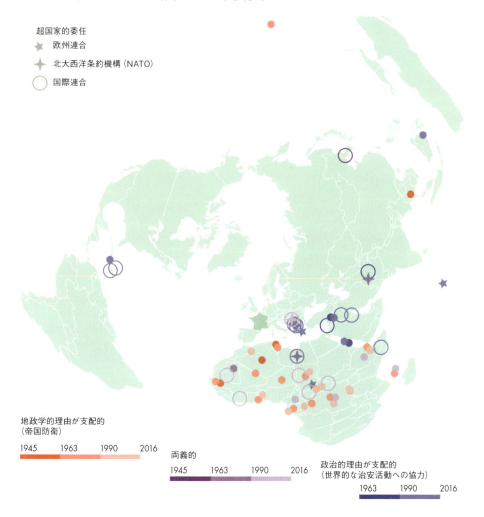

自分ではどうにもならない矛盾におちいったフランス

　この変貌へのブレーキの1つは、意見を表明することのむずかしさだ。もし貸す耳があるなら、欧州連合の枠内をふくめて、防衛主権はまだ有効である。また、ロシアと中国の拒否権の脅威が決議のまとまりをそこなっている国連安全保障理事会の枠内においても同様である。そのせいで、リビアでの場合にみられたように、例外的な「人道的」なあらゆる介入について活動の連続性を欠くことになる。フランスが重要な役割を果たした国連の決議による活動の後、関係した外国軍隊、

とりわけフランス軍が撤退したので、結果として、2014年にはリビアで危険な内戦が勃発することになった。その他の障害は、フランスだけでは、世界的正義に奉仕する警察をなすことができないということだ。現代的で統一のとれた軍事力を整えることへのヨーロッパのためらいと、その影響力によって公正な秩序の希望をもたらす大きな存在であると同時に、みずからの内政に一貫性のないアメリカの、行動における矛盾、ときに錯乱が、フランスにその新しい立場における非常な謙虚さを余儀なくしている。

進行中の革命

　この地図は2017年4月23日の大統領選第1回投票に起こった激動を示している。第1回目は、エマニュエル・マクロンとマリーヌ・ル・ペンは2人合わせても、有効投票数の約45％しかとっていなかった。それでも、彼らの得票は相入れない分布をなしている。しばしばジャン＝リュック・メランションの好成績に対応した形で少数の例外はあるものの、一方が強いところで他方は弱く、別の場所では逆である。

　この投票の分布は、1992年のマーストリヒト条約についての国民投票の分布に、非常によく似ている。そこにはきわめて重要な区分がふたたび見てとれる、産業界の危機を抜け出すのに苦しんでいる北東部と、新しいタイプの発展に対してより適合できた南西部とのあいだ、国家に多くを期待する地域圏とブルターニュ、バスク地方、アルザスのようにヨーロッパに国家に対抗する有効な影響力を見るその他の地域圏とのあいだ、そして最後にそしてとくに、住民が無意識のうちにあらゆるレベル、あらゆる多様性に向けて開かれた世界に位置する大都市の中心部と、外部から来る危険の認識が支配的な周辺部とのあいだの違いである。1992年には、正確に特定の問題に対する答えとしての分布図だったものが、25年後にはより一般的に、フランス政治の基本的な分裂の図となっている。

　この2つの地理は、政治的な新しい提案に対応するが、その提案自体激しく分裂したもので、空間との関係が重要である。一方は単一のレベル（国家だけ）、他方はフランスとヨーロッパの連携に強く固執し、ローカルから世界までの多種多様なアイデンティを認める。それはまた時間との関係でもある。一方で失われた黄金時代へのノスタルジーであり、他方はこれから建設しようとしている未来の重視である。

　フランスの空間の静かな革命が政治の舞台に入りこんでいる。

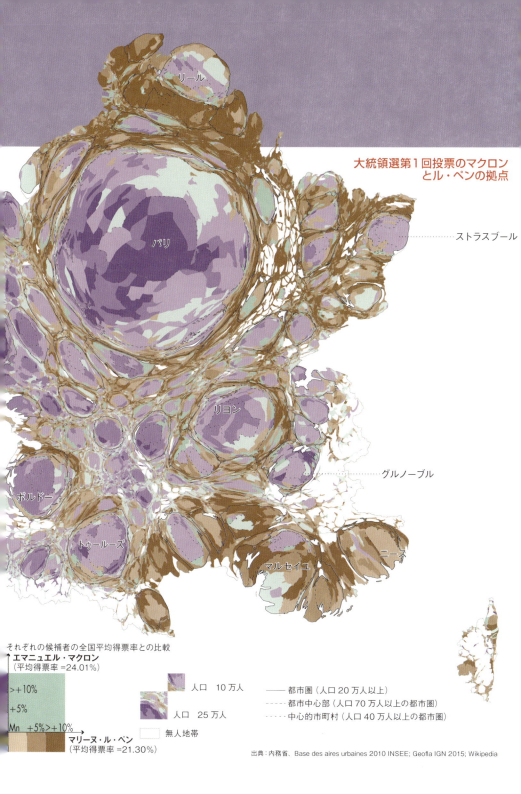

政治の新しい風景

　　第1回投票で上位5番目までの票を得た候補者の支持分布図は、第2回投票の資格を得た2人の支持分布の分析をより明確にすることができる。分布は明白な空間的区別を見せる。都市エリアの内部、地域圏内、あるいは地域圏同士のあいだに、非常にさまざまな階層があり、それは1969年にはまだ見分けることができた、かつて地方を支配していたものとはかなり異なる。

多様な分布図

　解釈は慎重にしなければならない。というのも、ある候補者があるコミューンでよい結果を得るには、かならずしも1番にならなくてもいいからだ。たとえば、エマニュエル・マクロンへの投票は全体として、競争相手の大部分に対し、このような特徴がある。第1回投票で彼の後に続いた3人の候補の勢力地域圏においても、つねにある程度のレベルを達成している。だがこのことは、もう少し規模は小さいが、自分の平均点から比較的わずかしかそれていないほかの候補についてもいえる。拠点とする土地と弱い土地とで、もっともはっきりした違いを見せているのは、マリーヌ・ル・ペンである。

　極右のル・ペンと保守のフィヨン、マクロンと左派のメランションのコンビには、ある相似がみられる。まず、フランソワ・フィヨンはパリ西部の裕福な地域でエマニュエル・マクロンの勢力を弱めているが、とくにマリーヌ・ル・ペンが全体として強い都市周縁部で全部の票を占めるのをくいとめている。もっとも顕著なケースは、パリ西部の裕福な周辺部、西部内陸部、とりわけノルマンディ南部、サルト、マイエンヌ、メーヌ＝エ＝ロワールあるいはヴァンデにおいてであり、マクロンが優勢な大都市の外で、フィヨンが抵抗している。同じように、マリーヌ・ル・ペンが、北部と北東部の旧工業地帯をのぞいて、マクロンの都市での優越に対抗できないとしても、ジャン＝リュック・メランションが、パリ、リヨンあるいはルーアンの労働者の多い郊外で部分的に、さらに、ル・アーヴル、サン＝テティエンヌのようにどちらかというと労働者の都市において、さらに、人口の多くが学生あるいは学業資産をもつ若者の街であるトゥールーズ、グルノーブル、モンペリエ、そして2つの性格をあわせもつメトロポールであるリールで健闘した。

　地中海沿岸地方は「例外」が繁栄する土地である。ここでは、マクロンは、大都市中心部においても勝つことができな

政治の新しい風景・147

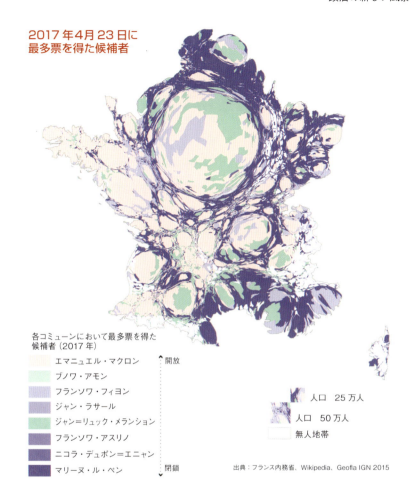

2017年4月23日に
最多票を得た候補者

各コミューンにおいて最多票を得た
候補者（2017年）

- エマニュエル・マクロン　開放
- ブノワ・アモン
- フランソワ・フィヨン
- ジャン・ラサール
- ジャン＝リュック・メランション
- フランソワ・アスリノ
- ニコラ・デュポン＝エニャン
- マリーヌ・ル・ペン　閉鎖

人口　25万人
人口　50万人
無人地帯

出典：フランス内務省、Wikipedia、Geofla IGN 2015

かった。マルセイユ、モンペリエ、ニーム、アヴィニョンの票はメランションへ、ニースとエクス＝アン＝プロヴァンスの票はフィヨンへ、トゥーロンとペルピニョンの票はル・ペンへ行った。国民戦線が強力な存在感を確認したのにくわえて、1970年代から徐々に崩壊していた共産主義空間の、ジャン＝リュック・メランションによる再活性化がはっきりと現れたのは、この地域だった。

根底からの再構成

最後に、ブノワ・アモンは、あきらかに社会党の組織と議員たちの支持を得られるはずのリールをふくんで、ほとんど存在感がなく、期待していた票がメランション（とくに中央山地とピレネー地方の都市化が進んでいない地域において）とマクロンに飲み干されたことがわかる。数十年にわたって雑多なよせ集めを結合させてきた「党内左派」が、ここへ来て

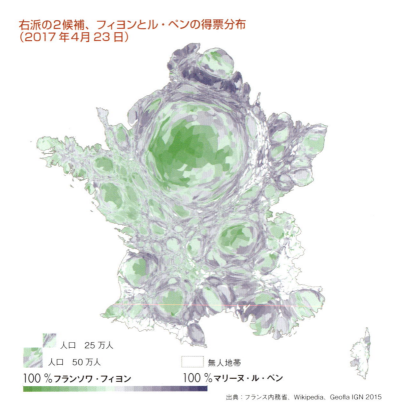

右派の2候補、フィヨンとル・ペンの得票分布
（2017年4月23日）

人口　25万人
人口　50万人　　　　　　無人地帯
100％フランソワ・フィヨン　　100％マリーヌ・ル・ペン

出典：フランス内務省、Wikipedia、Geofla IGN 2015

分裂したのだ。ジャン＝リュック・メランションは、伝統的な左派、共産党だけでなく社会党からも広く票を集めた。ブノワ・アモンの得票分布と比較すると、メランションが社会党の候補をより引き離しているのは、労働者の多い郊外、工業地帯、南仏地中海沿岸地域である。そこには、つましい環境に根ざした従来の左派の部分的な復活、あるいは現在まで国民戦線が失敗していた地域、とくに大都市の郊外における、庶民間での人気拡大がみられる。メランションはル・ペンの敵なのだろうか、それともライバルなのだろうか？　それはおそらく彼の支持者集団の区分（セグメント）によるだろう。

フィヨンとル・ペンの組も、似たような対立を見せる。フランソワ・フィヨンがル・ペンに勝ったのは、都市の内部と西部地域だけである。その他、とくに北部、北西部、そして地中海沿岸では、仮借ない敗北を喫した。この分布は従来の右派が、ニコラ・サルコジが2007年に成功したようには、極右の支持をとりつけることができなかったことを示している。これらの地図は、全体として、支持層の分布の根本的な再構成を告げている。

政治の新しい風景・149

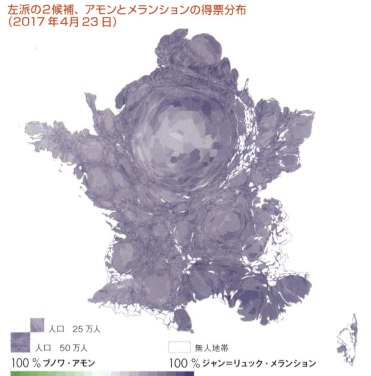

左派の2候補、アモンとメランションの得票分布
（2017年4月23日）

人口 25万人
人口 50万人
無人地帯
100% ブノワ・アモン
100% ジャン＝リュック・メランション

出典：フランス内務省、Wikipedia、Geofla IGN 2015

　相対的に同質な大きい地域圏(レジオン)の右派と左派との配分は、都市度による配分によって補完され、広いレベルで置き換えられて、主要な4人の候補者のそれぞれが、非常に特徴的な地理をもった。南西／北東と中心部／周辺部の対立は、マクロン／ル・ペンの対立図を特徴づけているが、それに郊外、工業都市や学生の多い大都市の中心部で強く、国の南半分で存在感のあるメランションと、西の内陸部と大都市の裕福な地区(カルティエ)に後退したフィヨンがくわわった。この対立のなかで、2タイプの論理が結びついている。1つは空間性(スパシアリテ)に依存するもので、居住様式の選択が政治的傾向を暮らしの態様の選択と関係づけている。もう1つは空間(エスパス)を反映するもので、その地元社会や地域圏の雰囲気、これらの土地の歴史の現代な読みなおしが投票に特有の調性をあたえている。この選挙は、空間性と空間の組みあわせの影響力をさらに強固なものとした。個人である選挙人はその人がだれであるか、社会でどうありたいかによってのみならず、自分の存在の仕方とその選択の流儀に応じた投票をしたのだ。

3つの組みあわせにおける変化

　大統領選の前から存在していた分裂のさまざまな図のあいだの関係は、政治的要求がいかに再配分されるかを理解させてくれる。全体としていえるのは、この選挙は、エマニュエル・マクロンを選んだ左派右派を問わず、親ヨーロッパで都市型の伝統的党派と、従来の政党がなく、さらに都市から離れている抗議する選挙人たちとを切り離した、ということだ。

どちらかというと都市型の左派

　2017年の大統領選は、政治の提案に対する選挙民の答えに、どれほど「明確化」が表面化したかを見せた。人々は、数十年前からときには意見のくいちがいでゆれたことはあっても、決定的なときには1つになると見えていたブロックのようなものが崩壊するのに立ち会ったのだ。左派陣営と右派陣営の対立にまだ意味があるかのようにふるまってはいて、従来の左派は右派よりずっと都市で強く、異なる選挙民であっても、マクロンの潜在力はむしろ都市中心部にあると考えることができた。資格をもつ若者と同時に庶民的な近郊で強かったジャン＝リュック・メランションの存在のおかげで、左派と極左は市街地で、しかもそれが大きければ大きいほど強い存在力を見せ、中規模と小規模の都市は重要な基盤となった。この意味で、地理学はマクロン票のなかに非対称を確認することになる。彼はもともと右派というより左派だった。右派がよりよく基盤を維持しているのは、大都市から離れた「結合組織」であり、フィヨン票がマクロンの誘惑に対してよく自己防衛したのはそこにおいてである。左派が中央山地の西とブルターニュで堅調で、東3分の1とパリ盆地における弱さと、少しばかりコントラストを見せていることにも気づかされる。この分布は、1988年からの大統領選の第2回投票での左派の集合の分布を強く想起させる。しかしながら、分裂し過激化した現在の形の社会主義・共産主義・トロキスト主義の左派は、フランス全土にわたって都市に集中することで、部分的に、地域の色彩を失っている。共和党、国民戦線、その他反欧州の小政党をふくめた右派においては、事情はその逆である。

1992年からの継続

　この選挙の目立った特徴の1つは、ヨーロッパ計画の存在だが、欧州連合を超国家的現実として支持することをとおして、ただ1人の候補マクロンだけがそれに価値をあたえただけで、ほかの5人

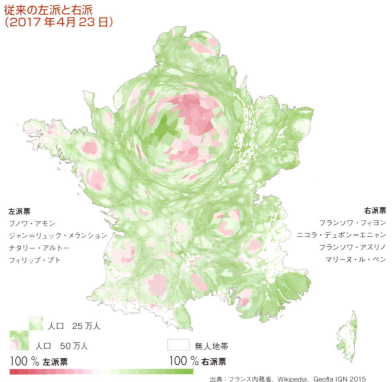

**従来の左派と右派
（2017年4月23日）**

左派票
ブノワ・アモン
ジャン＝リュック・メランション
ナタリー・アルトー
フィリップ・プトー

右派票
フランソワ・フィヨン
ニコラ・デュポン＝エニャン
フランソワ・アスリノ
マリーヌ・ル・ペン

人口　25万人
人口　50万人　　　無人地帯
100％ 左派票　　　　　　　100％ 右派票

出典：フランス内務省、Wikipedia、Geofla IGN 2015

（アスリノ、シュミナード、デュポン＝エニャン、ル・ペン、メランション）は拒絶し、別の5人（アルトー、フィヨン、アモン、ラサール、プトー）は、分類が容易でない見解を展開した。ところで、同じグループのなかに、重要性において比肩しうる2人の候補者の存在（ル・ペン21.30％、メランション19.58％）が確認される。分布を構成しているのは、都市度のあいだの対立だが、2つの重要な例外がある。大都市郊外は1992年と2005年においてのように（p.9、p.15参照）、ほかの地域より反欧州であり、地中海沿岸地域の大部分も同じだ。1992年のときのように、ヨーロッパの問題によって、社会的地位が多様である地区（カルティエ）を連結させた同質の集合が各メトロポールの中心部にできたが、中心部から離れると、セーヌ＝サン＝ドニのように伝統的に労働者の多い郊外はむしろ敵対的であり、オー＝ド＝セーヌの中心部やイヴリーヌの東部のようなもっとブルジョワの地区は割合好意的である。

ニューフェイスと主要政党
（2017年4月23日）

ニューフェイス
エマニュエル・マクロン
ジャン＝リュック・メランション
マリーヌ・ル・ペン

主要政党
ブノワ・アモン（社会党）
フランソワ・フィヨン（共和党）

人口　25万人
人口　50万人　　　　　無人地帯
0　　20　　30　　　　100％
主要政党への票

出典：フランス内務省、Wikipedia、Geofla IGN 2015

変化と惰性

　伝統的な政党に属する左派のブノワ・アモン（6.36％）と右派のフランソワ・フィヨン（20.01％）との力関係を見ると、「伝統的」な政党の風景をなしているのは、当然ながら後者の分布である。この選挙に特有だった新局面の影響だけではない。というのも、もっともゆさぶりを受けたのはフィヨンだったのだから。それだけに右派のいつもの基盤で残っている部分は、いっそう意味が深い。大都市の高級住宅地区、西部内陸、中央山地やアルプの小さな「ペイ」には、カトリックが強く根づいていて、保守が安定を見せている。そこでは、国政選挙区の色は数十年前から変わらないし、いまもなお右派の主要政党の力である。他方、社会党の側にはそのような安定した基盤がない。「新参者」マクロンが（そしてもう少し小さい規模でメランションが）、伝統的な2つの政党の都市での拠点を弱体化させた。とはいえ、マリーヌ・ル・ペンが優勢だったのが都市度の低い地域で（周辺部とそれより外の地区）あったことを見れば、結局都市が従来の政党に対し、周辺部ほどには不実ではなかった

3つの組みあわせにおける変化・153

反ヨーロッパと親ヨーロッパ
(2017年4月23日)

反ヨーロッパ票
ジャック・シュミナード
フランソワ・アスリノ
ニコラ・デュポン＝エニャン
マリーヌ・ル・ペン
ジャン＝リュック・メランション

親ヨーロッパ票
エマニュエル・マクロン

人口　25万人
人口　50万人　　　　無人地帯
100％反ヨーロッパ票　　　100％親ヨーロッパ票

出典：フランス内務省、Wikipedia、Geofla IGN 2015

ことに気づく。

　ここにならんだ3枚の地図がわれわれに語るのはなんだろう？　まず、新旧の政治提案のあいだで「権限の移転」が行なわれたのは、どちらかというと大都市であること。ゆっくりとした変化がより明瞭に、確実に起こっているのは大都市においてであること。反対に、惰性がもっとも強く現れているのは、カトリック、労働者、ピエ＝ノワール［アルジェリア出身のフランス人］などの共同体としての票がまだ多く、それが続いていくための資源をもっている地域である。次の国政選挙では、2017年の大統領選がすぐに忘れられる事件でしかなかったか、それともこれからはじまる長いプロセスの最初の段階だったのかがわかるだろう。大統領選では、候補者個人が問題となること、アウトサイダーにチャンスがあたえられることのおかげで、カードの切りなおしが起こることがある。この3枚の図はそれぞれ、各候補の地域への定着と政治資本の違いが変革の速度を鈍らせる選挙の際にみられるであろうような地理からは、ずれたものとなっている。

最大の政党

　投票の隠された部分、選挙人登録をしていない人々、棄権した人々、無効票を投じた人々に目を向けるなら、別の分布に出会うことになる。それらは特殊ではあるが、多くの面で「表」の分布に似かよっている。この分布は、ほかから押しつけられたにせよ自分から引き受けたにせよ、除外の論理の存在を教えてくれるが、その論理がある土地についてほかの場所より顕著であることが、選挙の時期に表面化するのだ。

社会的グループがすべてを説明するわけではない

　もっとも、棄権の割合の差異は、社会的グループによってきわだつまでではない。勤労者を比較できる集団として2つのグループ（CSP＋とCSP－〔社会階層分類、INSEEの分類法で、＋はマーケティングなどで購買力があり新しい製品に興味を示す層〕）に分けると、棄権率の差は21％から31％になる。これはたしかに意味があるが、決定的ではない。ある社会階層に属することで、だれに投票するかを予測することはとうていできないし、就業人口は選挙民の半分より少し多い（約53％）くらいでしかない。くわえて、棄権は、社会的に除外された結果、あるいは政治は「われわれのような人間にはかまっていられないのだ」という気持ちによるばかりではない。無関心の場合もあれば、社会全体、そして政治に対しての自由主義的敵意の表明の場合もある。実際、職業的地位だけが基準になるのでないことは、パリとリヨンを除くすべての都市の中心部で、それをとりまく都市周辺部や郊外より棄権が多いことでもわかる。棄権率がもっとも高いのは、小都市、とくに工業都市においてと、パリやリヨンの近郊だ。ブレストやル・アーヴルやミュルーズのような都市の場合、またトゥールーズやマルセイユ、トゥーロン、あるいはグルノーブルのような、労働者の街ではないところでも、中心部そのものでかなり多い。したがって都市度、低所得、かつての工業地帯からの継承、という3つの基準はそれぞれ独立に働く。こうした現象は新しいものではないが、毎回の選挙で確かめられていて、2人の候補、ル・ペンとメランションがとくに、彼らが「大衆」とよぶ「下位のグループ」（p.86参照）を狙う選挙戦では特別の意味をおびた。一般に、扇動的な運動は、多くの場合、棄権しそうな有権者をターゲットにするからである。

第1回投票での棄権
（2017年4月23日）

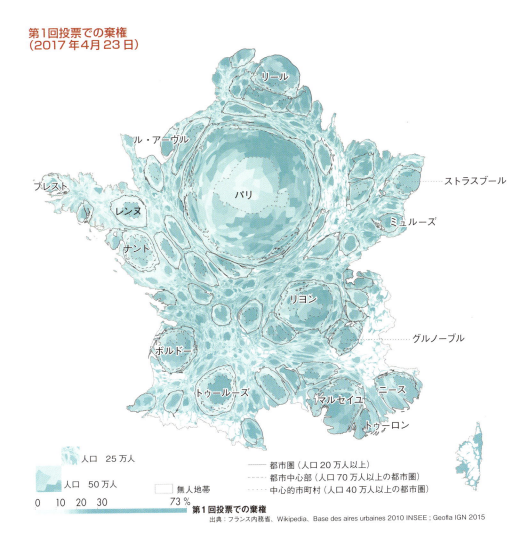

政治から距離をとる3つの方法

　政治的提案に対して距離をとる方法には3種ある。第1には、選挙人登録をしないこと、これにあたるのは、選挙可能な人々の12％、600万人以上である。海外在住のフランス人、あるいは外国で生まれたフランス人に多い。次は投票しないことであるが、大統領選の第1回投票では、登録した4760万人のうち、22.3％が棄権した。これは1060万人にのぼり、首位となった候補者のエマニュエル・マクロンが獲得した870万票より多い。この意味で、棄権する人々を合計すればフランスの「最大政党」となるといえる。また白票や無効票を投じるという手もある。これが大統領選の第2回目の

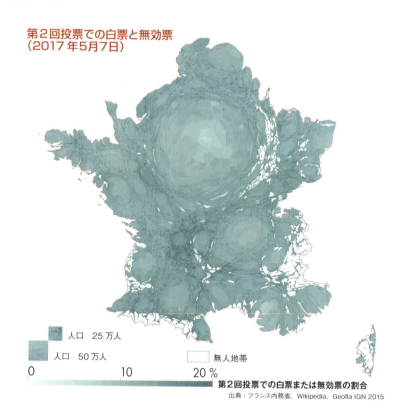

第2回投票での白票と無効票（2017年5月7日）

人口 25万人
人口 50万人
無人地帯
0　　10　　20 %
第2回投票での白票または無効票の割合
出典：フランス内務省、Wikipedia、Geofla IGN 2015

投票者の11.5％にあたる400万人がとった方法である。結局、2017年5月7日、どちらかの候補に有効票を投じた3140万人は、投票権をもつ市民全体の60％以下ということになる。

棄権したのはどんな人々か？

　第2回投票の棄権率は第1回投票より上がったが、これは第2回投票の候補者が、第1回の票で2人合わせても45％にしか達していなかった［マクロン24.01％、ル・ペン21.30％］ことに関係しているだろう。さらに第2回目投票における白票と無効票が注目に値する。というのも、前回の大統領選に比べて2倍になっているからだ。第1回投票の上位6人の候補者のうち、ジャン＝リュック・メランションは投票拒否と白票という選択肢を推奨した。そしてもう1人の候補者フランソワ・フィヨンの政党は、この点についてまったくあいまいさを免れることができなかった。実際、フランソワ・フィヨンの支持者の分布は、白票や無効票の分布と重なることがなく、第2回投票でマクロンに入れたくない有権者はむしろ棄権かル・ペンへの投票を選んだ。他方、大都市中心部では、メランションの反対票の指令の影響もわずかながらみら

れたが、そこでは若く教養ある有権者たちが寄与して、マクロンに驚くべき結果をもたらした。労働者の多い郊外ではむしろ、もともと少なくなかったうえにかなり前から増加していた棄権が、さらに拡大することになった。白票と無効票は、南西部のあまり都市化されていない地域にはっきりと現れた。そこではメランションが1970年代の社会党、共産党の地盤を再活性化させていたのだ。

第2回投票の驚くべき力学

　第1回投票と同様に、エマニュエル・マクロンの支持票とマリーヌ・ル・ペンの支持票の分布は、非常にはっきりしていて、この2枚の地図を合わせたものは、両候補の第2回目投票の成績を比べた後出の分布図に非常に近い。しかし、ここでわれわれが評価しようとしているのは、2人の候補者それぞれの2度の投票の関係である。2枚の地図の驚くばかりの対称は、われわれに語ることがある。

意外な継続性

　もちろん、2候補は、有効票の100％を分けあったのであって、どちらかがとった票は、もう一方はとっていない。もっとも人々は第2回投票では、国民戦線の候補者マリーヌ・ル・ペンが2002年にシラクと闘った父親のときのように、彼女が政権につくことをおそれる第1回目投票の際の支持者の一部を失うと予想しただろう。だがそうはならなかった。そしてそのことに人はそれほど驚かなかった。観察者はみな、国民戦線が、マリーヌ・ル・ペンが党首になってからだんだん悪魔扱いされることがなくなったことに気づいている。そして、大統領選のすくなくとも1年前からすべての調査が告げていたように、決選投票に残っても特別視されることがなくなっていた。したがって、だれにとっても政治の風景の一部をなす人物が、すくなくとも支持者にとって同様なのは当然のことである。
　にもかかわらず、第2回投票のキャンペーンは、この一般化の過程での岐路となった。マリーヌ・ル・ペンは、自分の地盤を広げることより、相手の正当性を弱めることを選んだ。これが彼女の支持の分布図の性格についての最初のレベルの説明である。第1回目から第2回目への21.2％から33.9％と推移を見せ、どこにおいても後退しなかったが、躍進を果たせたのは、すでに強かった地域、都市度が低い地域、北東部の、大半がかつての工業地帯だけだった。別の言い方をすれば、第2回投票では、この決選に先立つ第1回投票におけるマクロンとル・ペンの得票分布が確認され、さらに確固たるものになったということだ。
　エマニュエル・マクロンの勝利にかんしても、ほかの形態が予想されていただろう。両投票間で2.4倍になった得票数を見ると、大統領らしい態度をまとい、マリーヌ・ル・ペンが権力の座につくのを避けたいと思う有権者の票の移動の恩恵を受けて、さまざまな争点に対して、

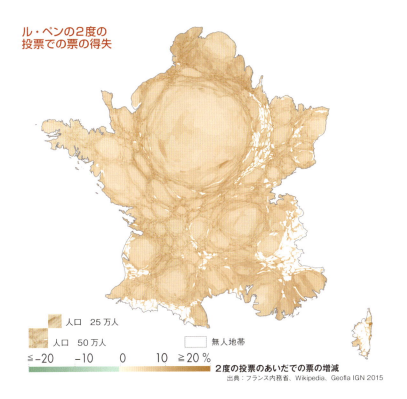

ル・ペンの2度の投票での票の得失

人口 25万人
人口 50万人
無人地帯
≤ −20　−10　0　10　≥20 %
2度の投票のあいだでの票の増減
出典：フランス内務省、Wikipedia、Geofla IGN 2015

弱い点を部分的にでも向上させて、新しい地理を獲得することもできただろう。ところが、まったくそうはならなかった。彼の躍進の図は全体としてめざましかったとはいえ、彼の場合もまた、もとからの勢力圏である大都市と、中央の権力に逆らう傾向のある南西部を確実にしただけだった。ただ1つ新しかったのは、第1回目でフランソワ・フィヨンが大量に得票した、都市の中産階級地区（カルティエ・ブルジョワ）において支持を伸ばしたことである。

分裂の新しい見取り図

　第2回の投票で2人に投じられた票は（1630万から3140万へと）実際には、2倍になっている。この増えた分の票は、おもに第1回で別の候補者を支持した選挙民から来ていて、その候補者の投票分布は、それぞれがまったく違ったものでありえた。継続性のように見えるものが、実際は断絶である。では、この信じがたいほどの揺れのなさをどう説明すべきだろう？　この問題への答えは、決選投票の際の分裂の図と最初の投票における2候補の支持分布の相似にしか求めることができない。第2回投票で、マクロンと

マクロンの2度の投票での票の得失

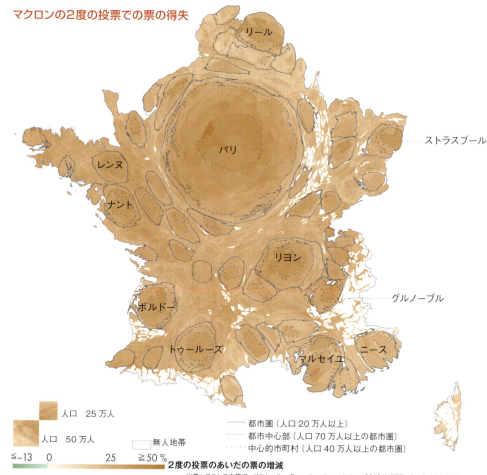

出典：フランス内務省、Wikipedia、Base des aires urbaines 2010 INSEE ; Geofla IGN 2015

ル・ペンに投票した3140万人を吟味してみると、彼らがこの2人に投票した理由は、第1回投票で両候補にそれぞれ投票した1630万人の理由とあきらかに同じなのだ。2017年5月7日にマクロンに投票する理由として、マリーヌ・ル・ペンの勝利に対するおそれがさかんに引きあいに出されていただけに、これには驚かされる。ここでいえるのは、この新たな投票の動機が、最初の投票でもっと積極的な態度でマクロンに投票したのと同じやり方で、地理的に分布したということである。この一時的な継続性は、4月23日の投票の際すぐにすることができた分析を妥当なものとした。2人の最終候補は1992年と2005年のヨーロッパにかんする国民投票の対立を再演したが、その対立は支配的になる方向へ向かって

いる。かつて炭鉱地帯だったノール県やパ＝ド＝カレ県の都市周辺部の住民が、全体としてナショナリストで国家社会主義的メッセージを送りたいと考えた一方で、大都市の住民たちは全体として、ヨーロッパや世界をふくんだ多層的な一体化計画への賛同を表明することを望んだのだ。

有権者全体によって妥当とされた

そのことは、ほかの候補者と彼らを分けたのが、比較的少ない票数の違いだったにもかかわらず、この２人の候補者が決選投票に残ったのは偶然ではないと思わせる。第１回投票での選択は、２つの質問を投げかけた。あなたは政治路線が動くのを望むだろうか？ もしそうなら、開放と閉鎖、自国優先と多層の正当性、過去と未来の上に、重要な分裂が新たにもたらされるのを望むだろうか？ 投票の分布図から、決選投票に投票した人々の多くが質問を受け入れると同時に、どちらにも「ウイ」と答えているという結論が導かれる。

新しい正当な空間

　前に見たように、第2回投票の分布は、第1回の分布をくりかえしている。驚くのは、もともとの動機がさまざまであった新たな支持者から相当数の票の貢献を受けているにもかかわらず、地図上には目に見えて変わったところがないことだ。大統領選は、それまでなかなか表面化しなかった問題について、政治の風景の全面的再構成を確認した。では、エマニュエル・マクロンが大統領選を戦った進歩主義とはなんなのだろう？

ノスタルジックな空間と時代

　この疑問に対して、地理学が回答の一部をもたらすことができる。2枚目の分布が提供する視点は、2012年の決選投票において大統領となった、社会党のフランソワ・オランドへの票の割合との関係である。この比較から仮の結論を導くことができる。進歩主義とは、「階級の概念」を排除した左派である。労働者と農業従事者というもっともはっきりした部分を失い、旧炭鉱地帯や斜陽の工業地帯を失い、農村時代の遺産である左派の

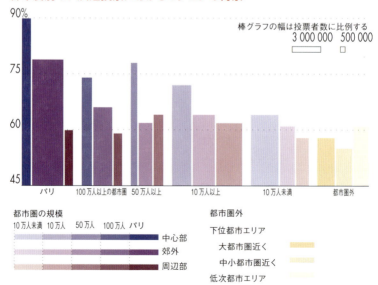

都市度別の、決選投票におけるマクロンの得票

出典：フランス内務省、Base des aires urbaines 2010 INSEE

新しい正当な空間・163

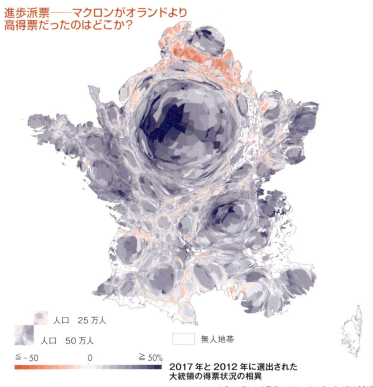

進歩派票──マクロンがオランドより高得票だったのはどこか？

人口 25万人
人口 50万人
無人地帯
≦-50　0　≧50%

2017年と2012年に選出された大統領の得票状況の相異
出典：フランス内務省、Wikipedia、Geofla IGN 2015

拠点を失った。これが現在の政治地理だが、それはまだすぎさっていない過去を思いおこさせる。脱工業化や農村の終焉は、その地域で暮らしている人々にとってまるで天変地異のような経験だった。ノール県やパ＝ド＝カレ県では、採掘経営の終焉が1960年から輪郭がはっきりと現れはじめ、とくに国と欧州連合からの補助金援助を得て、別の産業を作り出す時間をあたえられていた。問題は産業の転換にあったのではなく、地域社会、地域圏、国家社会がそれを実行に移すことができなかったことにある。オランドと比べてマクロンが失ったものとは、ある種の無関心のなかで消えていこうとしているフランスだ。ここでもほかの場合と同様に、基準とすべき空間と時間が存在し、そこから現在を判断することができる。

　国が個人の運命を一手に引き受け、きついが正当な労働とひきかえに、その労働が力強い共同体の絆を作り出していた時代を思い起こせば、さまざまな政治の層と個別のライフコースで成り立っている現在と対照をなしていることがわかる。この虚構において、過去の50年は否定

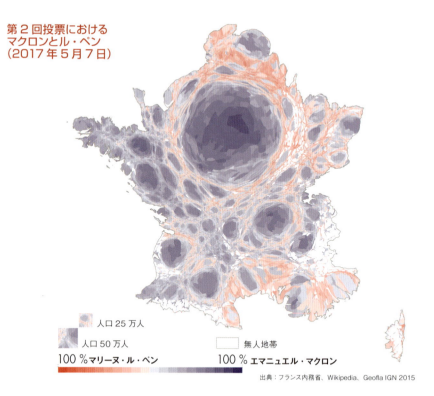

第2回投票における
マクロンとル・ペン
（2017年5月7日）

人口25万人
人口50万人　無人地帯
100％ マリーヌ・ル・ペン　　100％ エマニュエル・マクロン

出典：フランス内務省、Wikipedia、Geofla IGN 2015

しかもたらさなかった。

同等の国々と作るヨーロッパと世界

　ヨーロッパはそこで、問題視される。なぜなら、国境を閉鎖した市場のすばらしい孤立とは対照的に、同等の国々とともに、他者を考える別の仕方を押しつけるからだ。ヨーロッパに対しては、補助金を受けとるためには計画書を提出しなければならないし、労働者も農業従事者も兵士による外国との戦いの、国内の要素を構成していたような英雄主義や祖国への犠牲の精神の特権を失って、社会契約を交渉しなおさなければならない。

　同様に、その経済的要素に単純化されたグローバリゼーションは、不可分の仕方で、社会生活のあらゆる局面にかかわっているが、つねに帝国は終わった、という共通点をともなっている。周囲の状況とうまくやっていかなければならない。そこではパートナーを選べないし、そこでもし理解してもらいたいと望むなら、ある時点まで、彼らの立場に身をおかなければならない。また、このような新しい関係を構想することはできないということが、ジャン＝マリーとマリーヌ・ル・ペンのあいだの見解にみられる変更を説明する。父親のほうには、依然とし

て帝国主義的態度がみられたのに対し、娘のほうはむしろ、彼女が定義するところの国益を守るためには余儀なしとして、孤立主義政策を提唱している。征服する祖国〔ファーテルラント〕から、人が戻るところの故国〔ハイマート〕に移行したのだ。

都市の５つの状況

政治的分裂の主要な要素は、ヨーロッパと世界の問題のほかに、まちがいなく都市度である。政治的分裂が都市度によって広く形成されていることを、グラフが示している。大都市の中心部では、都市度が低い地域に比べると、マクロンへの票が30％多い。この投票においても、ほかの現象におけるのと同様、かなりのところまで、中心部から離れることは、大都市からより小さな都市に移るのと同様の効果があることが確認できる。マクロンへの投票のケースに、都市度にかんする単純化された５タイプの状況を見ることができる。(1) パリ中心部 (2) パリ郊外 (3) 大都市中心部 (4) 大都市郊外 (5) その他すべて（その他の都市中心部、その他の郊外、都市周辺部全体、下位都市エリア、低次都市エリア）。５番目のカテゴリーのなかで、もっとも低いレベルは、もっとも自律的でない地域、低次都市エリアで、機能的には都市の世界に併合されているが、すくなくとも２つの都市エリアに弱くつながっているだけである。

「左派」から「進歩派」への移行は、時間との関係、空間との関係における移動に相当する。ここでいえることは、この移行が19世紀なかばにはじまった「輝かしい未来への計画（projet des Lumières）」と労働者階級の保護との結びつきの終わりを画していることである。1789年の左派は、労働者階級の経済・政治への統合に、デモクラシーや正義の理想と一貫性のある目標を見ていた。フォード方式〔ヘンリー・フォードがはじめた大量生産方式〕と福祉国家が、少しずつ労働者を悲惨な状態から救い出すにつれて、不一致が起こった。今日、労働界は、倫理、文化的刷新、世界への開放にかんして保守的、さらには反動的であるように見える。知的職業を評価しないことと、労働者階級に支配的な「男性的価値」はいまや時代遅れとなったようで、そのような価値観の持ち主は、すくなくともぼんやりとはそのことを自覚している。産業の侵入をともなった安定性の追求と田園的世界へのノスタルジーは、時代の状況と個人の生き方という二重の意味をふくんだ変化と正面衝突している。進歩主義は工業生産時代の終わりをはっきりと認める左派なのだ。

おわりに
徐々に音を立てはじめた革命

「静かなる革命（The Silent Revolution）」とは、アメリカの政治学者ロナルド・イングルハート［1934年生まれ］が1977年に出版した著書のタイトルである。そこでは、新しい社会モデルと新しい政治的価値観の出現が問題となっている。本書は、社会問題の地理に重点をおいて、この数十年にフランス社会で変化を見せている事象に着目し、これらの変化を新たな課題と考えた。

社会の変化と政治現象を対話させること

1945年以降、肉体労働は根底的に減少し、とくに将来を見通しての職業訓練の目標ではなくなった。物質的財産は、大量に生産されつづけているが、それを作り出す労働者の数は減って、生産システムのなかで目立たなくなってしまった。そのシステムのなかではどの段階でも、サービスが鍵となる役割を果たしている。20世紀前半においては非常にささやかだった福祉国家が巨大なものとなり、国家で生産される富の半分以上を集めて再配分するようになった。教育のレベルは、これまでの時代には決してみられなかった規模で、しかもそれをはるかに超えて向上した。いまでは、国民の大半を占める広範な中間層のグループが、生活スタイル、文化的活動、社会的移動［ソーシャル・モビリティー］［自分が属している社会的階層から別の社会的階層へ移ること］にかんして、たしかに非常に多様ではあるが内部に分断がない連続体として機能している。20年前から、デジタル（コンピュータ）がこの動きを伝えると同時に増強する。また、自然環境が一連の重大でさしせまった政治課題となっている。爆発的な旅行ブーム、どんなところからも簡単にアクセスできる知識の飛躍的な進歩、ヨーロッパの建設、経済、文化の交流やさまざまな問題のグローバル化によって、フランス国民と世界のほかの地域との関係は、根本的に変化した。

共同体への所属はまだ少し残っているが、だんだんにくずれさっている。性別、年齢、家柄、身分、社会的階層、同業者の組合、地方の小さな村や昔ながらの地域社会、そして国家や宗教機関はいまも存在するが、これまで個人をしめつけて

いた力はゆるくなった。自分で選んだのではないグループへの忠誠も、50年前にはまだ社会的に重要なつながりだったが、個人にとっての障害となり、ときには不安をもたらすものとなった。ノルベルト・エリアス［1897-1990、ドイツの社会学者］が述べているように、いまや社会の基本となる粒子は個人であり、共生の基本的な枠組みは社会である。

通常の経済指標ではこの逆転を報告するのがむずかしいが、地図を介することで理解は容易になる。なぜならまずは空間が問題となっているからだ。多くの住民にとって、そしていくつもの領域において、個人の社会的位置は束縛から自由へと移行した。それは住居、移動、さらに一般的に暮らし方の選択であり、とりもなおさず、個人の人生の規模での大きな戦略的選択である。正義の問題は、そこで平等に集中する。しかし、金銭的再配分ではもはや十分でない、という状況においてである。人々は開発の型、倫理的価値観、審美観なども考慮に入れるようになったのだ。

フランスにおいては、国家への多くの期待の集中と、行政への権力の集中が、停滞をもたらすと同時に、変化に対して抵抗する原因となっていた。それゆえすべてが硬直化したように見えた数十年のあとで、徐々に姿を現わしている変動が、よりめざましい性格をおびているのである。

都市度の影響力

ではこのアトラスの作業の後、フランス社会についてのどんな新しい地理が見えてきただろうか？ 5つのおもな特徴にまとめることができる。

1　都市化の達成によって、都市度はさまざまな地理を組織立ってまとめ、それを発展させる要素となった。都市エリアの規模とそれぞれのエリアの中心部にあるか（中心部、郊外、都市周辺部）外側にあるか（下位都市エリア、低次都市エリア）というタイプによって約20の地域に区切ることができるが、そこには、社会的グループの分布、生産論理、改革の出現、政策の選択などを予測する驚くべきパワーが秘められている。

政治のすべてのレベルに地理がかかわっている

2　政治の地理的要素が支配力をもつようになった。地理的要素は、見事なやり方で、もっとも局地的なものを、あらゆる中間の段階を経由しながら、もっとも世界規模のものに結びつける。実際、公共空間がもっともはっきりと存在する大都市中心部においてこそ、ヨーロッパや世界に向けての好意がもっとも大きいのである。こうした見地から、空間は、開放と閉鎖という空間メタファーの「原義」として読むことができる。それをよく見ると、2017年大統領選は、ほとんど地理空間の問題としてしか語れない。

本質的な空間の分裂

3　生産的で、ほかに多くをあたえ、比較的少ししか受けとらないフランスと、ほとんど生産せずに多くを受けとるフランスとのあいだの分かれ目が大きく口を開け、対立構造が明白になっている。アメリカと異なり、フランスの「負け組」は福祉国家のおもな受益者となる。彼らはわずかな財源しかもたないことがほとんどだが、その彼らのもつわずかなものは、社会の彼ら以外の人々が、保護の不足のもと、国家への要請も満たされることなく、彼らに提供したものなのだ。

　2017年大統領選の結果は、生産しないで受けとっている人々に対する、生産する人々の、公益の名で起こされた、抵抗のようなものと読むことができる。「左派／右派」という「システム」では、規約にもとづく特権の維持を批判するのはむずかしい。どちらの陣営もこうした国の協調組合主義を守るのに尽力しているからだ。率直にものをいうことにした経済的・文化的にもっとも活発な勢力が、失敗あるいはおそれによって立ちすくみほかの人々の前進を妨害しかねない社会的グループの道をふさぐ決意をしたのだ。2017年の「大衆」は、大統領選第2回投票の3分の2の大半であるが、2015年1月11日の大衆でもあり［同月7日のシャルリー・エブド銃撃事件犠牲者を追悼する大行進があった］、イスラム共同体主義とフランスのナショナリスト共同体主義のどちらも追いはらった。パリ史上最大のデモを行なった集団と、90％がマクロンに投票した集団は同じなのだ。マクロン票とル・ペン票を対比させた分布図は、2つの見解を説明する。一方は、社会生活のすべてを国家という単一層に従属させているが、他方は、個人の社会という概念を根拠として、多様な空間的アイデンティティを結びつけ、都市を世界の連邦の一部と考える。社会モデル間の分裂として、この二律背反(アンチノミー)は本質的なものである。このことも地図による表現が力強く示すだろう。

公共財産としての未来

4　この分断は、私的財産の再配分に対する期待と、公共財産——そのなかには人生としての時間と歴史としての時間もふくまれる——の共同生産に対する期待とのあいだの不一致でもある。ヨーロッパのほかの地域と同様に、フランスも未来を描くことができないでいる。だが、地理的形状は、未来への予測のさまざまな段階を不可分に関連づけてくれる。日常的な空間性の1つ1つが環境を変え、内容がたえず入れ物を変え、各自の居住が社会に、これらの選択の調和について、言い方を換えれば共生について、自問することを強いる。住民は、ただちに公民でもあるからだ。

地平線としての空間的正義

5　政治舞台の停滞を打開することは、正義についての議論のやりなおしを予告

することでもあるが、そこで空間的正義は主要な役割をもつ。古い概念では、ゼロサムゲームでのように考えて、外部のかごから来る再配分や分配しか見ていなかった。だが、人々が社会とその構成員の内発的な発展の力に気づくと、正義は共有の未来の建設の基本的要因として、どんな段階においても、企画そのもののなかに入りこむ。連帯は、歴史的負債の支払い、あるいは永続する不平等の補償であることをやめて、平等の建設の支えとなる。自由と平等を相入れないものとしてではなく、「同時に」両立しうるし補充しあうものとして考えることが、新しいフランス大統領のきわだった立場である。このようなアプローチは、現行の地理をよく描写すると思われるし、それぞれの場所がその地理をよりよくするためにもっている、自由と資源を利用することである。ところで、本書を制作しているあいだずっと、あいまいな評価や暗黙の政策にもとづいた作り話がフランス中に流布しつづけ、公開討論の言葉を混乱させているのを見た。もし本書が、ささやかでもより鮮明な視点と、フランスの空間についてのよりよい情報を提供することに貢献できるなら、研究者にとってだけでなく、市民にとってもむだではなかったことになる。

付録

記述し、理解し、考えるための地図

　カルトグラムは地図製作の技法の1つで、地図の表面を一連の情報、たとえばそこに描かれた場所の人口に対応するものにできる。技術的には、従来のユークリッド地図から、ある空間的単位（たとえばコミューン）を人口に応じた面積で表されるようにする。カルトグラムは人口密度が高い地域（都市）を引き伸ばし、低い地域を縮小して、人口密度がどこも同じである地図を作り、住民の数と比較した数値を示すことができる。

　もちろん、そうしてできあがったものは、一般に使用されている地図とは違っている。ときには従来の地図より、見方がむずかしいこともある。しかし、大都市圏の内部については、ずっとわかりやすいし、よくパリについてするような差しこみを作る必要がない。選挙の場合は、有権者が多い地域は、明瞭に地図上でわかるので、とくに適切である。

　平野部より人口密度が低い山地では、カルトグラムは従来の地図とは非常に異なるものとなる。その上、山の斜面は「つぶされて」しまうが、これは谷あいのほうに人が多く住んでいるからである。この制約のせいで、ときに読みとりにくくなっている。そこで工夫をくわえ、無人地帯を空白にすることで、この問題を部分的に解消している。この効果は、たとえばとりわけスイスやオーストリアで利益があり、そこでは谷の人口状況が糸状に描かれる。フランスでは、アルプスやピレネーに重要な無人地帯が存在するが、パリ盆地にもまたそのような地域がある。

　入手したデータで地図を作成するため、おもに2つの方法を用いた。第1は連続トーンのカラースケールを用いたことだ。表現される変数にしたがって濃淡が変化する。この技法はおもに選挙の分布図に用いている。

　第2は統計地図（カルトグラム）である。地図上に同じ面積で示された地域は同じ人口をもつようにして［等人口統計地図］、これが読者の解釈を容易にさせる。

　それぞれの地図ごとの色と意味のつながりは個別の原則によるが、使用する色については色相環を参照している。また色を決めるのにあたって、たとえば海は青、コミュニストは赤といったステレオタイプは用いなかったが、ポジティヴだったりネガティヴだったりする色の暗示的意味、色があたえる印象を尊重し、芸術の歴史や、色彩の文化の違いによる受けとめ方の相違の研究、ふだんの経験でも知ることができる個人個人あるいは一生を通じての好みの違いを考慮に入れた。ヤングとヘルムホルツの三原色、シュヴルールの色の同時対比の法則、ヘリングの反対色説も根拠とした。また仕上がりについて、色あい、彩度、明度の組みあわせに配慮し、見ておも

しろいよう十分な変化をつけるとともに、あまり知覚神経を興奮させないよう注意したので、読者は自由な仕方で集中し、地図を読みとっていただけると思う。

用語解説

居住すること
住むという動詞（habiter）は、住居だけでなく、人間によって建設され、営まれている空間全体に適用される名詞にもなった。

空間／空間性
社会生活の地理的側面（地理性）は、距離の関係にある。この次元が空間と空間性に変化する。空間では、環境が問題になる。空間性では、行為者たち、とくにある1つの社会のなかで互いに作用する中小の行為者の活動がかかわっている。空間は空間性の前ぶれであり、空間性は空間を変化させる。

公共空間（パブリックスペース）
公共空間は除外や制限なしにだれにでも利用できる場所。公共空間は多層的である。公共空間があるのは都市のなかであるが、都市の多様性はそこにある。つまり大都市の場合は、そこに世界がある。

公共財産
公共財産の概念は、経済学からきている。これは非常に大勢によって消費されても価値をそこねない財産というように定義される。直接かかわる人々を超えて、公共財産は社会全体によって、消費され生産される。教育や保健衛生は公共財産であり、都市、公共空間、自然遺産は空間的公共財産である。

世界
世界は、地球の表面にあって、人が住んでいる空間である。世界の発明は、新しい現実を想像する方向へ向かい、世界社会（ワールド・ソサエティ）は地域であり、同時に網（ネットワーク）でもあり場所でもある。この意味において、フランス語で「世界」を意味するMondeのMは大文字であるが、枠組みや環境の意味では小文字を使う。

セレンディピティ
探すことなく見つけるもの。計画や予定の反対の概念の1つ。セレンディピティは創造の過程や個人間の出会いの場で重要な役割を演じる。

都市圏
都市圏の概念は、地域と網（テリトリー　ネットワーク）という今日の都市の現状を構成する2つの要素を考慮に入れることができる。境界の確定には、統計機関は多くの場合「形態的な市街地」（フランスではINSEEによってpôles urbainsとよばれ

る）に、つまり土地の連続性によって決まる範囲に、さまざまな網とくに住民の移動による網によって市街地につながっている不連続な空間、つまり周縁部をくわえる。

都市度

都市度は人口密度と多様性の組みあわせとして定義される。都市エリア間の違いをなす要素として、規模にくわえて、ヨーロッパの都市については、5つの度合が識別できる。つまり主要なレベルである、中心部、郊外（この2つが都市を形成する）、都市周辺部、下位都市エリア、低次都市エリアである。都市周辺部は、都市圏の凝集していない部分である。下位都市エリアは都市周辺部の外縁のようなものだが、低次都市エリアより都市圏に近い。低次都市エリアは都市からより離れていて、田園地帯にあたるが、都市文化の受取人である。

参考文献

BENTHAM Jeremy, *Introduction au principe de morale et de législation*, trad. Emmanuelle de Champs & Jean-Pierre Cléro, Vrin, Paris, 2011
ジェレミ・ベンサム『道徳および立法の諸原理序説』、関嘉彦責任編集『世界の名著49 ベンサム／J.S.ミル』所収、中央公論新社、1979年

BOLTANSKI Luc, *Mettre en cause. Une sociologie de l'engagement dans la critique*, film-entretien de Thomas Lacoste, La Bande passante, Paris, 2010

CLEVAL Anne, *Paris sans le peuple. La gentrification de la capitale*, La Découverte, Paris, 2013

DAVZIES Laurent, *La République et ses territoires. La circulation invisible des richesses*, Seuil, Paris, 2008

ELIAS Norbert, *La société des individus*, Fayard, Paris, 1991
ノルベルト・エリアス（ミヒャエル・シュレーター編）『諸個人の社会──文明化と関係構造』、宇京早苗訳、法政大学出版局、2000年

ESTÈBE Philippe, *L'Égalité des territoires. Une passion française*, Presses universitaires de France, Paris, 2015

FLORIDA Richard, *The Rise of the Creative Class. And How It's Transforming Work, Leisure and Everyday Life*, Basic Books, New York, 2002
リチャード・フロリダ『クリエイティブ資本論——新たな経済階級の台頭』、井口典夫訳、ダイヤモンド社、2008年

GUILLUY Christophe, *La France périphérique. Comment on a sacrifié les classes populaires*, Flammarion, Paris, 2015

HAIDT Jonathan, *The Righteous Mind. Why Good People are Divided by Politics and Religion*, Penguin Books, Londres, 2012
ジョナサン・ハイト『社会はなぜ右と左に分かれるのか——対立を超えるための道徳心理学』、高橋洋訳、紀伊国屋書店、2014年

LE BRAS Hervé, *Atlas des inégalités*, Autrement, Paris, 2014

LEFEBVRE Henri, *Le Droit à la ville*, Anthropos, Paris, 1968
アンリ・ルフェーヴル『都市への権利』、森本和夫訳、ちくま学芸文庫、2011年

LÉVY Jacques, « Paris (Monde) : géographies du 13 novembre 2015 », *EspacesTemps.net*, 17.12.2015, <http://www.espacestemps.net/articles/paris-geographies-13-novembre-2015/>

MILL John Stuart, *L'Utilitarisme*, Flammarion, Paris, 2008
ジョン・スチュワート・ミル『功利主義』、川名雄一郎ほか訳、京都大学学術出版会、2010年

PIAGET Jean, *Biologie et connaissance. Essai sur les relations entre les régulations organiques et les processus cognitifs*, Gallimard, Paris, 1967

RAWLS John, *A Theory of Justice*, Belknap Press, Cambridge, 1967
ジョン・ロールズ『正義論』、川本隆史ほか訳、紀伊国屋書店、2010年

REYNAUD Alain, *Société, espace et justice. Inégalités régionales et justice socio-spatiale*, Presses universitaires de France, Paris, 1981

TODD Emmanuel, *Qui est Charlie? Sociologie d'une crise religieuse*, Seuil, Paris, 2015
エマニュエル・トッド『シャルリとは誰か？——人種差別と没落する西欧』、堀茂樹訳、文藝春秋、2016年

執筆者・執筆協力者一覧

ジャック・レヴィ（Jacques Lévy）
1952年、パリ生まれ。エコール・ノルマル・シュペリウール卒。スイス連邦工科大学ローザンヌ校、コロス研究所をへて、現在は、ランス・シャンパーニュ・アルデンヌ大学教授、コロス・アソシエーション主宰。オンラインの学術誌「EspacesTemps.net」の共同主宰者。専門分野は、政治地理学、都市、グローバリゼーション、ヨーロッパ、空間の社会理論、社会科学の認識論、地図学。科学映画の製作もおこなっている。おもな著書に、「Réinventer le France」（Fayard, 2013）、「Cartographic Turn」（EPFL Press/Routledge, 2016）がある。2018年に、ヴォートラン・リュッド国際地理学賞受賞。本書の制作を監修し、テキストの大半を執筆した。

ジャン＝ニコラ・フォーシル（Jean-Nicolas Fauchille）
都市学者。スイス連邦工科大学ローザンヌ校において、空間開発で博士号取得。コロス研究所研究員。「ふつうの市民」の正義の理解における空間の意味の研究分析。「フランス人と空間的正義」の研究プロジェクトを、フランス地域間平等総局と連携して立ち上げる。Comité permanent des rencontres Géopointと学術誌「EspacesTemps.net」の科学委員会のメンバーである。本書では、「医療、先入観を超えて」、「自由と制約の空間」、「創造的経済」、「逆説的なフロー」、「空間的正義と不正義」の執筆を担当した。

オジエ・メートル（Ogier Maitre）
情報学博士。コロス研究所研究員。専門は、地図作成法、データの可視化、従来の、あるいは膨大な量の資料からの情報抽出、社会システムのモデル化、静態、動態の情勢の表現法。コロス研究所の地図作成センター主任。本書では、データの収集、抽出、処理および分布図やグラフのコンピュータによる地理学情報処理技術（ジェオマティック）をもちいた設計、制作全般を担当し、付録の文章「記述し、理解し、考えるための地図」にもかかわった。

アナ・ポヴォアス（Ana Póvoas）
空間にかんする社会科学の研究者で、コロス研究所の客員研究員。都市再生を専門とする建築家、都市学者として、コロスにおいて、ポルト市の住民が考える空間と正義の関係についての論文で博士号取得（Lausanne, EPFL, 2016）。また、「フランス人と空間的正義」研究プロジェクトにも参加する。正義を空間から考察する可能性に着目し、公開討論なども組みこんだ市民の研究を展開している。本書では、地図全般の最終稿を完成させるとともに、「空間的正義と不正義」、「記述し、理解し、考えるための地図」、「はじめに」、「おわりに」の起草に貢献した。

ロマン・ラクロワ（Romain Lacroix）
ローザンヌ大学の学生。地理学、空間分析表現、複雑系で修士課程を終了。本書では、文書化の作業をおこなって、資料収集および地図作成において多大な貢献をした。

◆編者◆
ジャック・レヴィ（Jacques Lévy）
1952年、パリ生まれ。エコール・ノルマル・シュペリウール卒。スイス連邦工科大学ローザンヌ校、コロス研究所をへて、現在は、ランス・シャンパーニュ・アルデンヌ大学教授、コロス・アソシエーション主宰。オンラインの学術誌「EspacesTemps.net」の共同主宰者。専門分野は、政治地理学、都市、グローバリゼーション、ヨーロッパ、空間の社会理論、社会科学の認識論、地図学。科学映画の製作もおこなっている。おもな著書に、「Réinventer le France」(Fayard, 2013)、「Cartographic Turn」(EPFL Press/Routledge, 2016) がある。2018年に、ヴォートラン・リュッド国際地理学賞受賞。

◆執筆者◆
ジャン＝ニコラ・フォーシル（Jean-Nicolas Fauchille）
都市学者。スイス連邦工科大学ローザンヌ校において、空間開発で博士号取得。コロス研究所研究員。「ふつうの市民」の正義の理解における空間の意味の研究分析。「フランス人と空間的正義」の研究プロジェクトを、フランス地域間平等総局と連携して立ち上げる。Comité permanent des rencontres Géopointと学術誌「EspacesTemps.net」の科学委員会のメンバーである。

アナ・ポヴォアス（Ana Póvoas）
空間にかんする社会科学の研究者で、コロス研究所の客員研究員。都市再生を専門とする建築家、都市学者として、コロスにおいて、ポルト市の住民が考える空間と正義の関係についての論文で博士号取得 (Lausanne, EPFL, 2016)。また、「フランス人と空間的正義」研究プロジェクトにも参加する。正義を空間から考察する可能性に着目し、公開討論なども組みこんだ市民の研究を展開している。

オジエ・メートル（Ogier Maitre）
情報学博士。コロス研究所研究員。専門は、地図作成法、データの可視化、従来の、あるいは厖大な量の資料からの情報抽出、社会システムのモデル化、静態、動態の情勢の表現法。コロス研究所の地図作成センター主任。

◆訳者◆
土居佳代子（どい・かよこ）
翻訳家。青山学院大学文学部卒。訳書に、レリス『ぼくは君たちを憎まないことにした』（ポプラ社）、ミニエ『氷結』（ハーパーコリンズ・ジャパン）、ギデール『地政学から読むイスラム・テロ』、ヴァレスキエル『マリー・アントワネットの最期の日々』、アタネほか『地図とデータで見る女性の世界ハンドブック』（以上、原書房）など。

地図製作＊コロス研究所（Laboratoire Chôros）

Maquette: Agence Twapimoa
Lecture – correction: Carol Rouchès

ATLAS POLITIQUE DE LA FRANCE:
Les révolutions silencieuses de la société française
by Jean-Nicolas Fauchille, Jacques Lévy, Ogier Maitre,
Ana Póvoas, Maps by Laboratoire Chôros
Copyright © Éditions Autrement, Paris, 2017
Japanese translation rights arranged with Éditions Autrement, Paris
through Tuttle-Mori Agency, Inc., Tokyo

地図で見る
フランスハンドブック
現代編
●

2019年2月10日 第1刷

編者………ジャック・レヴィ
訳者………土居佳代子
装幀………川島進デザイン室
本文組版・印刷………株式会社ディグ
カバー印刷………株式会社明光社
製本………東京美術紙工協業組合

発行者………成瀬雅人
発行所………株式会社原書房
〒160-0022 東京都新宿区新宿1-25-13
電話・代表 03(3354)0685
http://www.harashobo.co.jp
振替・00150-6-151594
ISBN978-4-562-05566-1

©Harashobo 2019, Printed in Japan